KB124186

영혼을 품다,

히말라야

영혼을 품다, **히말라야**

© 박경이, 2021

1판 1쇄 펴낸날 2021년 6월 10일

지은이 박경이
총괄 이정욱 | **편집** 이지선 | **마케팅** 이정아 | **디자인** 조현자
펴낸이 이은영 | **펴낸곳** 도트북
등록 2020년 7월 9일(제25100-2020-000043호)
주소 서울시 노원구 동일로 242길 88 상가 2F
전화 02-933-8050
팩스 02-933-8052
전자우편 reddot2019@naver.com
블로그 blog.naver.com/reddot2019
ISBN 979-11-971956-2-4 03810

영혼을 품다,
히말라야

박경이 지음

박경이의 고산 등반 에세이
H I M A L A Y A S

도트북

"왜 그런 위험한 곳에 가느냐."

"거기 가면 뭐가 나오느냐."

히말라야 등반 사고가 뉴스에 나오면 많은 사람들의 의견이 분분하다. 과거와는 달리 비난하는 댓글들이 더 많이 보인다. 마치 죽으러 히말라야에 가는 사람이라는 듯, 누구에게도 도움이 안 되는 비생산적인 일에 헛돈 쓰는 문제적 인간이라는 듯.

고산 등반하면 떠오르는 이미지는 추위, 동상, 눈사태, 추락, 실종, 죽음! 숱한 산악인들의 죽음을 겪지만, 그들은 중단하지 않는다. 동상에 걸려 손가락 발가락을 자르고도 다시 그곳에 간다. 생사가 종잇장 한 장 차이임을 깨닫게 되는 위험한 곳이지만, 심지어 옆에서 수천 미터 낭떠러지로 추락하여 사라지는 모습을 보고도 그들은 정상을 향해 걷는다. 아마도 산악인이 아니라면 그런 사람들을 이해하기 힘들 것이다.

대중의 비난 섞인 댓글들을 읽으면서 나는 무척 속상했다. 산악인을 대변해줄 사람이 없을까? 그들이 왜 죽음을 무릅쓰거나 신체를 손상해가며 고산 등반을 하는지에 대해 이해를 구하고 싶었다. 아니 나 자신의 행위를 이해받고 싶었다.

전문 등반을 시작한 지 30여 년이 지났지만 8,000미터 봉우리에는 한 번 올라보았고, 그다지 큰 업적을 남기지는 못했다. 그렇지만 산을 무대로 삼아 나름대로 한 시대를 치열하게 살아왔다고 자부한다. 우리나라 산악 역사에 몇 줄 정도는 업적을 남겼지만, '여성 산악인 박경이'가 겪은 30여 년의 이야기를 글로 남기지 않으면 누가 알겠는가? 오직 나 자신만이 간직해온 이야기와 남겨야 할 기록이 있다는 생각이 들었고, 그래서 용기를 내어 펜을 들었다.

이 시대를 대표하는 엄홍길, 故 박영석, 한왕용, 김재수, 김미곤, 김홍빈, 오은선, 故 김창호, 故 이현조, 故 오희준, 故 강기석, 故 고미영, 故 임일진 등 존경받는 산악인들과 이런저런 인연으로 엮여 있고, 이들과 더불어 한 시대를 살아왔다. 그들을 자랑스럽게 여기면서 우리 산악인들이 제대로 대접받고 이해받으면 좋겠다는 마음으로 이 글을 써나갔다.

다른 한편으로는 이 책이 히말라야와 고산 등반에 관심 있는 분들을 위한 입문서 역할을 일정 부분 해낼 수 있다면 좋겠다는 바람이다. 미천한 글솜씨도 그렇거니와 집중력과 물리적인 시간도 부족했다. 그저 앞으로 산악인과 고산 등반, 모험에 관한 더 다양한 주제와 깊이 있는 글이 나오는 데에 이 책이 마중물이 될 수 있기를 바랄 뿐이다.

제4장 히말라야에서 살아남기

제5장 에베레스트와 알피니즘, 인류무형문화유산에 이르기까지

나는 오늘도
히말라야에 오른다

_ 박영석(1963~2011)

"세상에는 여러 가지 모습의 죽음들이 있다. 병마와 싸우다 고통 속에서 죽기도 하고, 길거리에서 자동차 사고로 하루아침에 목숨을 잃기도 한다. 내가 등반을 포기하지 않는 한, 내 삶은 산에서 그 마지막을 맞게 될 것이다. 그런 죽음들에 비하면 대자연의 품, 산에서 맞는 죽음이란 얼마나 행복한가? 산사나이로서 산에서 죽는 것, 그것은 거스를 수 없는 내 운명일지도 모른다."

죽음이
두렵지 않은가?

눈사태!

추락!

이런 단어만으로도 고산 등반은 위험해 보인다. 동료들이 숱하게 죽었어도 다시 가고, 동상에 걸려 손가락 발가락을 자르고도 다시 그곳을 가는, 심지어 옆에서 다른 사람이 수천 미터 낭떠러지 아래로 추락해 사라지는 모습을 보고도 계속 산을 오르는 사람들을 어떻게 이해해야 할까?

히말라야에서 사망 사고가 뉴스에 나오면 많은 사람들의 의견이 분분하나 비난하는 댓글들이 더 많이 보인다. 왜 그런 위험한 곳에 가느냐, 거기서 대체 뭐가 나오느냐고 정신이상자 취급을 하는 악성 댓글을 많이 보았다. 마치 죽으러 히말라야에 가는 것처럼 비난하기도 하고, 어느 누구에게도 도움이 안 되는 비생산적인 일에 목숨을 거는 무모한 부류라고 생각하는 것 같다.

그러한 악성 댓글들을 읽으면서 참으로 안타까웠다. 단언컨대 죽으러 산에 가는 산악인은 없다. 산악인들도 단 한 번, 자신에게 주어진 생을 살아가고 생명을 소중히 여기는 사람들이다. 그렇다면 무슨 이유로 산에 가는 걸까? 왜 죽음을 무릅쓰거나 부상의 위험 속에서도 고산 등반을 하는가? 나 스스로 그 답을 찾고 산악인의 행위 또한 이해받고 싶었다.

위험한 줄 알지만 포기를 못 하는 사람들의 걸음마다 저마다의 사연들이 있을 것이다. 등반이 곧 직업인 프로 등반가, 미지의 세계를 모험하는 탐험가, 타인들의 기대와 더불어 자신과 소속 단체, 국가의 명예를 걸고 오르는 사람, 흰 산의 마력에 빠진 사람, 스포츠 선수들처럼 자신의 한계를 끝없이 시험하는 사람, 세계 최고봉에 한번 올라보는 것이 평생의 꿈인 사람. 자신의 기록 갱신을 포함해 그 분야의 기록 갱신을 원하는 사람, 돈 많이 들어가는 프리미엄 극한 스포츠로 자신을 과시하고 싶은 사람, 가이드로서 고객을 모시는 사람, 자신과의 경쟁, 남과의 경쟁 같은 외부적인 힘에 의해서, 먼저 간 동료들을 대신하여 살아남은 자의 몫이기 때문에, 그것이 당연한 산악인으로서의 삶이기 때문에 등, 수없이 많은 이유를 짐작해볼 뿐이다.

아무리 용기 있고 뛰어난 산악인이라도 자신만의 힘으로 죽음의 지대를 오를 수는 없다는 것을 안다. 산밑에서의 평온한 삶보다 더 빨리 죽음을 맞을 수 있다는 것도 잘 안다. 죽을 걸 알면서도 오르는 산악인들은 죽음을 삶의 일부로 받아들이면서 산 위에서의 죽음을 명예롭게 받아들이기도 한다.

8,000미터 14봉 완등자 중 한 사람인 폴란드의 예지 쿠쿠츠카(Jerzy Kukuczka, 1948~1989)는 평상시에 늘 입버릇처럼 "주여! 우리가 평지에서 죽음을 맞이하지 않도록 해주소서…"라고 말했다. 실제로 쿠쿠츠카는 그의 17번째 8,000미터 봉우리 로체 남벽을 등반하다 추락사했다.

어느 기자가 기자상을 수상하고 인터뷰한 글에서 '글 쓰다 책상에서 엎드려 죽는 것이 소원'이라고, '묘비명에 글 쓰다 죽은 놈'이라고 새겨 달라'고 한 것을 보았다. 그 기자에게 글쓰기가 삶의 전부인 것처럼 산악인들에게는 등반이 곧 삶이고, 그들이 산 위에서의 죽음을 숙명처럼 받아들이는 것은 자신이 선택한 인생이라고 할 수 있을 것이다. 세계 정상급 산악인들이 남긴 글에서 보이듯 '죽으러 산에 가지는 않지만 죽을 걸 알면서도' 산을 오르는 것이다.

라인홀트 메스너(Reinhold Messner, 1944~)는 낭가파르바트를 단독으로 오르고자 했다. 베이스캠프를 출발하며 연락장교인 테리와 의무대원인

1991년 아마다블람(6,856m) 등정 후 김포공항에서. 앞줄 왼쪽에서 3번째가 필자

우즐라에게 베이스캠프에서 열흘간만 기다리라고 말한다. "열흘, 아니 열이틀이 되어도 내가 돌아오지 않으면 당신들은 가도 좋소"라고 말이다. 자신이 영영 산에서 내려오지 않더라도 자신을 찾지 않기를 바랐다. 자기를 구하려고 다른 사람이 위험한 일을 겪게 해서는 안 된다고, 원정을 떠나기 전 법률상의 수속도 모두 마쳤다.

"산이 거기 있어 간다"는 유명한 말을 남긴 앨버트 머메리(Albert Frederick Mummery, 1885~1895)는 "등산가는 자신이 숙명적인 희생자가 되리라는 것을 알면서도 고산에 대한 숭앙을 버리지 못한다"고 했다.

맥킨리 등반 때 열 손가락을 다 잃고도 8,000미터 14좌 등반을 계속하고 있는 김홍빈(1964~)은 "산에서 행복을 느낍니다. 산을 오르는 그것밖에 모르고요. 산을 오르다 잘못되어 산에 안긴다고 해도 이 길을 멈추지 못할 겁니다. 제가 가장 잘하는 일이니까요"라고 인터뷰를 남겼다.

박영석(1963~2011) 대장은 생전 이렇게 말했는데, 실제로 그는 산의 일부가 되었다.

"세상에는 여러 가지 모습의 죽음들이 있다. 병마와 싸우다 고통 속에서 죽기도 하고, 길거리에서 자동차 사고로 하루아침에 목숨을 잃기도 한다. 내가 등반을 포기하지 않는 한, 내 삶은 산에서 그 마지막을 맞게 될 것이다. 그런 죽음들에 비하면 대자연의 품, 산에서 맞는 죽음이란 얼마나 행복한가? 산 사나이로서 산에서 죽는 것, 그것은 거스를 수 없는 내 운명일지도 모른다."

단지 죽음이 두렵지 않기 때문에, 혹은 산에서 죽어서 그 이름을 남기자고 산 위에 목숨을 버리러 가는 것은 아님을 알 수 있다. 숱한 죽음을 목격하고 자신도 죽을 고비를 넘기면서 죽음에 대해 초월한 그들은 산악인으로서의 삶을 산 위에서 마감하는 것을 숙명처럼 여기고 있다. 그들이 그래도 떠나는 것은 그것이 산악인의 삶이기 때문이다.

세계 산악사에 길이 남을 업적을 세우고 연구와 글쓰기를 통해 몸으로 하는 등반뿐 아니라 머리로 하는 등반까지 실천하고 있는 라인홀트 메스너, 월터 보나티(Walter Bonatti, 1930~2011), 보이테크 쿠르티카(Wojtech Kurtyka, 1947~), 엄홍길(1960~), 박영석(1963~2011) 등을 보면 오랜 수행을 통해 깨달음을 얻은 구도자와 같은 느낌을 받는다. 등반가들이 일생을 바쳐 고행을 통해 깨달음을 얻고자 하는 구도자의 자세로 오르는 것은 아닐까?

이놈의 산에
다시는 오지 말아야지

"산에 오면 늘 떠나온 집이 그립고, '얼른 벗어나고 싶다'는 욕망, '이놈의 산에 다시는 오지 말아야지' 하는 생각을 합니다. 하지만 도시로 나오는 순간 다시 배낭을 꾸리게 돼요. 참으로 복잡한 감정이지요. 어쨌든 내 생활은 산과 연결된 게 분명합니다." (한왕용)

집 떠나면 개고생이라는 말이 있지만 히말라야 등반은 개고생이라는 표현으로는 한참 부족하다. 고산을 오르면서 육체적으로나 정신적으로 한계에 다다르니 속으로는 '내가 미쳤지, 편한 집 놔두고 여길 왜 왔지?', '여기서 내가 왜 이 짓을 하고 있지?', '내려가면 다신 안 온다', '이번이 마지막이다' 같은 말을 수도 없이 되새기며 스스로를 괴롭힌다.

그런데 사람은 망각의 동물이라 했던가? 그렇게 다짐 다짐해놓고 어느 날 문득, TV에서 흰 산을 보거나 남들이 어느 산을 갔다 왔다는 소식을 접하면 다시 산이 그리워진다.

　엄홍길과 박영석, 박정헌(1971~) 같은 베테랑 산악인도 히말라야에서 죽을 고비를 넘기고는 다시는 가지 않겠다는 결심을 했다. 그렇지만 얼마 지나지 않아 또 산으로 향한다. 생사의 갈림길에서 혹독한 고생을 하고 다시는 안 가겠다는 다짐을 했던 산악인들이 그래도 다시 그 길을 떠나는 이유는 뭘까? 히말라야를 다녀온 이들은 강한 마약과 같은 중독성이 있다고 말한다.

　"아드레날린, 흥미, 일련의 전체적인 아주 강한 감동 등. 위험스런 게임은 강한 중독성이 있죠. 그런데 그것은 끔찍한 상황에 처하는 것과는 다른 거예요. 그것들은 실제로 위험을 통제합니다. 그리고 내가

일본 아카다케(2,899m) 정상에 선 필자

어렴풋이 느끼기에 그러한 감동들은 자신의 신체에 특별한 칵테일을 제공합니다. 그리고 사람이 중독되게 하는 전체적인 일련의 화학적인, 호르몬적인 변화가 작용하고 있음이 입증되었죠. 이것이 바로 등반과 이와 유사한 활동들에 참여하는 사람들에게 강한 매력이 있는 이유라 생각합니다. 저는 다시 히말라야로 가고 싶습니다." (크리스 보닝턴)

"최근에 과학자들이 엔도르핀이라는 화학물질을 뇌가 만들어낸다는 것을 알아냈다. 그 화학적 화합물과 적용은 모르핀을 닮았다. 그리고 사람이 지나친 육체적 정신적 긴장상태에 놓일 때 엔도르핀의 생산이 촉진된다는 것을 확인했다. 이런 순간에 엔도르핀은 자연스러운 마취제 역할을 한다.(중략) 과학자들의 말을 따르면 마라톤 경주자와 알피니스트는 몸이 엔도르핀에 의존하는 구조가 되어 있어서 약물에 매달리고 싶은 충동이 일어난다. 이것은 하나의 추측이 아니고 마라톤 경주자들의 뇌척수 액의 분포를 조사하는 과정에서 실험해본 것이다. 지금까지 아무도 등산가를 실험한 일이 없었는데 등산가만큼 자주 스트레스를 받는 삶은 없을 것이다. 또 그들만큼 생명의 위험을 느끼는 사람이 있겠는가?" (예지 쿠쿠츠카)

사람들이 왜 위험한 모험 스포츠를 즐기는지 학자들은 그 이유를 연구해왔다. 미국 볼티모어 존스홉킨스 대학교의 솔로몬 스나이더(Solomon Snyder, 1938~)는, 극한 상황에서는 인간의 신경계에 모르핀과 유사한 물질이 생겨서 고통을 없애고 환각을 자극하면서 행복감을 불러일으킨다고 주장한다. 고산 등반은 모험 스포츠로서 중독의 측면이 있을 것이나 중독성만으로 설명하기에는 차원이 다른 행위이다. 에베레스트를 다녀와서 『희박한 공기 속으로』를 쓴 존 크라카우어(Jon Krakauer, 1954~)는 고산 등반은 단순히 모험 스포츠를 즐기는 사람들이 좀 더 짜릿한 자극에 중독되어 행하는 것과는 다른 차원의 세계라고 말한다. 적어도 에베레스트의 경우, 그 산에서 자기가 하고 있는 행위는 번지 점프나 스카이다이빙, 혹은 오토바이를 타고 시속 200킬로로 내닫는 것과는 공통점이 거의 없다고 말한다.

고산 등반은 신체를 손상해가며 죽음이라는 위험을 전제하는 활동이다. 여타 모험 스포츠 참가자의 사례보다 더욱 이해하기 어려운 차원이 있다. '운동 중독'이라는 것은 과학적으로 증명이 된 현상이지만 고산 등반은 그런 이론으로 설명하기에는 부족한 감이 있다. 무언가 더 깊은 그런 것이 있다. 나는 산이 사람을 끌어당기는 마력(魔力)이 있다고 생각한다. 특히 흰 산은 더 그렇다.

살아남은 자의 몫

그 어느 날

그 어느 날 내가 산에서 죽으면
오랜 나의 산 친구여 전하여주게.
어머니에게는 행복한 죽음이었다고…
나는 어머니의 곁에 있으니 아무 고통도 없었다고…
그리고 사내답게 죽어갔다고 아버지에게 전하여주게.

아우에게는
너에게 바통을 넘기는 것이라고
그리고 다정한 아내에게 전하여주게.
내가 돌아가지 않더라도 꿋꿋이 살아달라고
당신이 옆에 없을 때에도 내가 항상 살아왔듯이

자식들에게는 내가 오르던 고향의 바위산에
나의 애탄 손톱자국이 남아 있을 것이라고

마지막으로 나의 친구 그대에게
나의 피켈을 집어 주게.
피켈이 치욕 속에 죽어가길 나는 바라지 않나니
어느 날 아름다운 페이스에 가지고 가서
그 피켈을 위한 조그만 케른을 쌓고
거기에 피켈을 꽂아주게.
빙하 위에 빛나는 새벽의 빛을
능선 위에 붉은 저녁 햇빛을
나의 귀여운 피켈이 되쏘아 비칠 수 있도록
나의 친구 그대에게 전할 선물
나의 함마를 받아주게.
그리고 화강암에 피톤을 박아줄 것을
그것은 몸서리칠 만큼 나의 유체를 흔들었나니
암벽이나 능선에 한껏 그 소리가 울리게 하여주게.
아아, 친구여 나는 그대와 함께 항상 있나니.

프랑스 산악인 로제 듀프라(Roger Duplat, 1919~1951)의 시다. 1951년 인도 가르왈 히말라야에 위치한 난다데비(7,816m)를 오르다 실종되었는데, 그의 일기장에 마치 유언 같은 이 시가 남아 있었다. 이 시가 산악인들이 자신의 죽음과 동료의 죽음을 어떻게 받아들이는지 잘 대변해주고

20

있다.

남은 가족과 그의 동료들은 이 시에 쓰여진 대로 저마다의 몫으로 살아갈 것이다. 특히 같이 줄을 묶고 생사고락을 함께 한 동료라면 전우애에 버금가는 의리로 묶여 있다. 듀프라가

로제 듀프라의 묘비(프랑스 리용)

표현한 것처럼 살아남은 동료는 죽은 동료를 대신해 그의 '피켈'을 정상에 꽂아주고 싶은 한이 생기는 것이다. 피켈은 산악인의 상징으로 여겨진다. 눈과 얼음으로 덮인 고산을 오르는 데 반드시 있어야 하는 생명의 도구이기 때문이다.

동료의 죽음이 어떻게든 다시 산에 가게 하는 중요한 이유가 되기도 함을 여러 등반기에서 찾아볼 수 있다. 우리나라 해외 등반 역사에 비극적인 사건이 있다. '비운(悲運)의 산'이란 표현이 따라붙은 마나슬루(8,163m)! 한국 마나슬루 원정대는 이 산에 세 번을 도전했다. 김정섭 대장은 1971년 1차 원정, 1972년 제2차 원정에서 동생 둘을 잃었다. 2차 원정에서는 5명의 대원과 10명의 현지 셰르파 등 15명이 사망하는 대형 사고를 당했다. 죽은 동생들의 한을 풀어주는 것이 남은 사람들의 유업이었다. 3차 원정대까지 꾸렸지만 결국 세 번째 도전까지 실패해서 '비운의 산'이 되어버린 것이다.

이외에도 동료들의 죽음이 산을 향하게 하는 강한 동기가 됨을 여러 등반기에서 찾을 수 있었다. 동료의 죽음을 보고 나면 다시는 산에 못 가거나 안 갈 것 같지만, 살아남은 자는 로제 듀프라의 시 〈그 어느 날〉

에서 보듯이 그들의 '피켈'을 거기에 꽂아주고 싶은 한이 생기는 것이다.

> "사랑하는 두 명의 산 친구를 잃었을 때 우리가 그들을 위해 할 수 있는 것이라고는 그들을 대신해 오르는 것뿐이었다. 그리고 우리가 과연 이 벽을 살아서 벗어날 수 있을까라는 끈질긴 의구심에서 비롯된 절망감을 이겨내고 올라서고야 말았다. 드디어 정상에 섰다. 참으로 오랜 싸움이었다. (중략) 품속에서 두 장의 사진을 꺼내어 들고는 한동안 내려다보고 있었다. 단지 그들을 대신해 그들의 뜻대로 우리는 올랐을 뿐이다." (정광식, 1989, 『영광의 북벽』)

산악인 엄홍길, 박영석은 나이 들면서 가정의 소중함이 절실해지지만 안주하는 삶을 살 수는 없을 것이라고 말한다. 혼자만 따뜻하고 행복하게 지내는 것 같아서, 찬 얼음벽 속에 갇혀 숨진 동료들에게 미안한 생각을 떨칠 수 없기 때문이라고 말이다.

가족에 대한 책임감과 소중함도 점점 커져가는데 가면 죽을지도 모르고… 그런 딜레마를 딛고 그곳에 다시 가는 것은 살아남은 자의 몫이 아닐까?

경쟁!

대부분의 산악인은 등산은 남과 경쟁하는 것이 아니라 자기 자신과의 싸움이라고 말하기 좋아한다. 하지만 국가 간의 초등정 경쟁, 다른 산악인과 라이벌로서의 경쟁, 동료 간의 경쟁 등이 분명히 존재한다. 그뿐 아니라 자신의 기록에 대한 도전, 타인의 기록과 경쟁 등 등반 세계에서도 다른 스포츠와 마찬가지로 경쟁 요소가 있다.

네팔 히말라야가 1949년 개방되면서 강국들은 8,000미터 고봉을 최초로 정복하고자 경쟁을 벌였다. 인류가 최초로 오른 8,000미터 봉우리는 안나푸르나로, 1950년 프랑스원정대가 영광을 차지했다. 영국은 1953년 최고봉 에베레스트를 성공했다. 1964년까지 14년 동안 8,000미터 거봉 14봉이 차례로 정복되었다. 바로 이 기간을 일컬어 히말라야 등반의 황금시대라고 한다.

이 시기에는 국가 간의 각축전이 제국주의 시대 식민지 쟁탈전처럼 치열했기에, 뛰어났던 등반가들은 국가나 자신의 명예를 걸고 8,000미터 봉우리를 초등하려는 야망이 컸다. 꿈을 이루어 국가적 영웅이 되기도 했지만 목숨을 잃거나 동상으로 손발을 절단하는 등의 비극적 대가를 치르기도 했다.

그러나 국가의 명예를 걸고 국가나 기업의 자금을 투입하여 대규모 원정대를 꾸리던 것에서 지금은 점차 개인적인 동기로 작은 원정대를 꾸리는 문화로 변화되고 있다.

한편 '14좌 완등을 먼저 하겠다'거나 '어느 산의 초등'처럼 같은 목적을 두고 경쟁하는 동료가 있다면 무리하게 정상을 향하는 이유가 되기도 한다.

세기의 대결이라고도 할 수 있는 역사가 있다. 세계에서 가장 먼저 8,000미터 14개봉을 다 오르겠다는 계획을 세운 이탈리아의 라인홀트 메스너가 있었고, 그 뒤를 이어 폴란드의 예지 쿠쿠츠카도 같은 목표를 선언하고 맹렬히 뒤따르던 참이었다.

그런데 메스너가 "경쟁은 이제 그만둡시다. 새로운 루트, 기록과 정상 높이에 더 이상 흥미가 없습니다."라고 선언해버린다. 1985년, 메스너가 단 2개 봉우리를 남겨두고 자신이 먼저 14좌를 마칠 것 같은 확신이 있었기에 할 수 있는 말이었다. 경제적 형편이 나았던 메스너와 가난한 등반가 쿠쿠츠카의 경쟁에서 먼저 14좌를 오른 것은 메스너였다.

그 후 예지 쿠쿠츠카는 메스너와 다르게 주로 동계 등반으로, 또 아무도 오르지 못한 벽으로 오르면서 더 어려운 길을 찾아갔다. 예지 쿠쿠츠카도 자신의 책 『14번째 하늘에서』에서 메스너와의 경쟁에 대해 언급했다. 또 자기가 첫째가 되리라는 희망은 버리지 않고 있었다고 솔직히 밝히기도 했다.

"나는 불가능하게 보이는 것이라면 무엇이나 해보고 싶어서 도전해 왔다고 믿는다. 나는 모험적인 스포츠에 들어갔다. 그러나 나에게 가장 중요한 것은 새로운 루트였다. 만일 내가 정말로 메스너에게 진다면 내가 두 번째, 열 번째로 목적지에 도달해도 그것은 문제가 아니다. 만일 히말라야 8,000미터급 고봉 완등의 초등자가 못 된다면 나는 지금까지 아무도 시도한 적이 없는 루트로, 사람의 발자국이 나지 않은 길로 정복해서 초등자가 되고 싶었다. 메스너가 이미 8,000미터급 14봉을 모두 정복했을 때도 나는 단념하지 않았다는 것을 지금도 기억하고 있는 사람은 나를 이해할 수 있을 것이다. 그러나 역시 새로운 루트로 달리다보니 메스너 아니고도 많은 경쟁자가 생겼다. 나는 마지막까지 서둘러야 했다."

한 팀에서도 동료 간의 경쟁이 일어난다. 경쟁적인 분위기가 긍정적으로 작용할 수도 있지만 부정적으로 작용할 때는 무리하게 등반하다 위험에 처하기도 한다. 민감한 부분이라 우리나라의 예를 들고 싶지는 않다. 예지 쿠쿠츠카에 의하면 1985~1986년 동계 칸첸중가 원정에서 쿠쿠츠카 팀에서 안드르제이가 고소증으로 죽은 것은 팀 내 동료 간의 무리한 경쟁으로 인한 것이었다고 한다. 다울라기리

1993년 수문출판사에서 번역 출간한 예지 쿠쿠츠카의 『14번째 하늘에서』

를 쿠쿠츠카와 함께 올랐던 안드르제이가 그렇게 죽으리라고 아무도 예상하지 못했다. 나중에 원정대가 내놓은 결론은 안드르제이가 충분한 고소 순응을 하지 않은 상태에서 등반 실력이 뛰어난 쿠쿠츠카와 비엘리키를 의식하다가 끝내 목숨까지 잃었다는 것이다.

한편 메스너에 관한 또 다른 일화가 있다. 메스너는 14좌를 최초로 오르기도 했지만 1978년 세계 최초로 에베레스트를 무산소로 올라 산악계를 놀라게 했다. 이후 무산소등반이 보편화되는 계기가 되었다. 그는 그 후 에베레스트를 단독으로 오를 계획을 세웠다. 그런데 1980년 일본의 우에무라 나오미(植村 直己, 1941~1984)가 먼저 에베레스트 '동계 단독 등반' 허가를 받자 자기도 서둘러 허가를 받으려 했다. 네팔 당국으로부터 허가가 나지 않자 하는 수 없이 중국 측의 북쪽 루트를 통해 등반 허가를 받아 등반에 성공한다. 우에무라 나오미보다 먼저 등반에 성공하여 이번에도 세계 최초로 에베레스트 '단독 무산소' 등정의 기록을 갖게 되었다. 이처럼 초등 기록 같은 특별한 기록을 성취하기 위한 타인과의 경쟁을 피할 수는 없다.

1986년
이탈리아의 라인홀트 메스너가 로체를 오름으로써 인류 최초로 8,000미터급 14봉을 완등한다. 낭가파르바트를 시작으로 16년 만에 이룩한 대기록이다.

1987년
폴란드의 예지 쿠쿠츠카가 시샤팡마를 끝으로 사상 두 번째로 14봉을 완등한다. 1979년 로체를 시작으로 8년 만에 이루었다.

어떻게
여기까지 왔는데

　원정 경비를 대기 위해 집을 팔거나 빚을 얻는 경우도 있을 만큼 8,000미터 등반에는 재정적 어려움이 크다. 이런 이유로 대규모 원정대의 경우 엄청난 액수의 등반 경비 때문에 기업이나 단체 등의 후원을 받기도 한다. 기업체의 후원을 받으면 아무래도 부담이 되기 때문에 무리를 하기도 한다. 하지만 단지 그런 이유 때문에 죽음을 불사하고 등반을 밀어붙이는 산악인은 없을 것이라고 믿는다.

　스포츠 선수들처럼 기업에서 후원이나 연봉을 받는 프로 산악인도 있다. 하지만 다른 직업 없이 등반에만 매진할 수 있을 정도의 연봉을 받는 프로 산악인은 극소수다. 그런 산악인들이 산에서 목숨을 잃었을 때 기업의 홍보를 위해 떠밀리다시피 산을 오르다가 사고를 당한 것처럼 매도를 당하기도 한다. 그러나 몇몇 프로 산악인들의 진솔한 이야기를 들으니 오해가 많았음을 알았다. 기업 입장에서는 이익의 사회적 환원이나 사회 기여 차원에서 후원하는 것이라고 한다. 기업이 이익을 내자면 산악인들을 후원하는 것보다는 다른 선택을 하는 것이 낫기 때문이다.

명예나 경쟁심도 한몫했겠지만 생계를 위한 등반에 관한 절박한 사연이 하나 있다. 영국 여성 산악인 앨리슨 하그리브스(Alison Jane Hargreaves, 1962~1995)는 1995년 여성 최초, 단독으로 셰르파 없이 무산소로 에베레스트를 오른 뛰어난 산악인이다. 알프스의 여러 어려운 벽 등반으로도 기록을 세웠다. 한 시즌에 세계 1, 2, 3위인 에베레스트, K2, 칸첸중가를 모두 오르는 프로젝트를 계획했다. 세계에서 제일 높은 산 3개를 연달아 오르는 프로젝트는 남녀 통틀어 최초의 대기록이 될 터였다. 그러나 에베레스트는 성공했으나, K2를 등정하고 하산 중에 실종되고 만다. 정상에서 내려오다가 엄청난 강풍에 휘말려 동료 여섯 사람과 함께 사망했다.

악천후에도 무리한 등반을 나섰던 앨리슨은 경제적인 어려움을 해결하고픈 절박한 목적이 있었다. 유명해지면 기업의 지원을 받거나, 책을 쓰고 강연하면서 돈 걱정 없이 아이들과 살 수 있을 것이라는 생각이었다. 생계를 위한 등반이었던 것이다.

8,000미터를 일생일대의 꿈으로 삼은 평범한 산악인들에게는 긴 시간을 들여 준비해온 과정이 너무 힘들었기 때문에 다시 한 번 같은 준비 과정을 거쳐 그곳을 오르겠다고 생각하기가 쉽지 않다. 정상이 바로 저기인데 돌아섰다가는 평생 후회를 하게 될 것이란 걸 알기 때문에 쉽게 포기하지 못한다.

나처럼 아마추어 산악인인 경우, 대부분은 직장과 등반을 병행한다.

나 역시 안정된 직장과 나를 필요로 하는 가족을 뒤로 하고 죽음을 무릅쓰고 평생 꿈인 8,000미터 원정대에 나섰다. 그렇게 어렵게 준비해서 왔기 때문에 정상을 가까이에 두고는 쉽게 포기할 수가 없었다. 귀국해서 손가락 몇 개쯤 동상으로 자를 수도 있겠다는 생각이 자꾸 들었지만 "이번에 포기하고 다음번에 다시 시도하자"면서 가볍게 돌아설 수가 없었다. 지금 포기한다면 아마 죽을 때까지 후회할지도 모른다는 생각도 했다. 다른 사람들 역시 나와 같은 경우로 쉽게 등반을 포기하지 못함을 말하고 있다.

현장에서 죽음을 불사하고 포기하지 않는 마음에는 평생 한 번일지도 모르는 기회이기 때문에, 어떻게 여기까지 왔는데 하는 심정으로 포기를 못 하는 경우도 있었다. 고산 등반은 자신뿐 아니라 가족, 직장 등 여러 가지를 희생해야 하는 부분이 있기에 '죽어도 포기 못 해' 하는 심정을 나는 충분히 이해한다.

예지 쿠쿠츠카가 낭가파르바트를 등반하는 중에 동료 한 명이 눈사태로 죽었다. 전진을 계속할 것인가? 계획을 중단할 것인가? 이런 문제를 놓고 대원들 간에 논의가 벌어졌다. '죽은 대원의 희생이 헛되어서는 안 된다', '원정대는 정상에 올라야 한다'는 것이 대다수의 의견이었다. 대원들의 입장으로서는 원정 준비가 엄청난 육체적 재정적 부담이기도 하기에 친구의 죽음을 슬퍼하면서도 등반을 포기하기는 쉽지 않다고 말한다. 존 크라카우어의 글을 보자.

"초고리사 너머 남쪽 하늘에서부터 거대한 구름 기둥들이 밀려들고 있었습니다. 끔찍할 정도로 좋지 않은 날씨가 다가오고 있음이 분명했어요. 모든 등반가들은 그런 상황 속에서 정상을 향한 발걸음을 계속 재촉하다가는 틀림없이 화를 당하게 될 것이라는 사실을 잘 알고 있었을 것입니다. 하지만 K2의 정상이 바로 목전에 놓여 있다면, 등반가들은 쉽사리 등반을 포기하고 돌아설 수 없을 것이라고 전 생각합니다. 원정을 위해 들인 돈과 수고는 차치하고서라도 그토록 갈 망하던 K2의 정상이 손만 뻗으면 닿을 것 같은 거리에 있다면, 등반가들은 이성적인 판단력을 잃고 도박을 감행하게 될 겁니다. 결국 시간이 지나고 나서야 그것이 실수였다는 것을 알게 되겠지요." (존 크라카우어)

또 다른 이야기다. '상업등반대'라는 것이 있다. 히말라야 정상 등반 여행사라고 보면 되겠다. 개인들에게 돈을 받고 등반대를 꾸려 정상까지 안내해주는 것. 주로 세계 최고봉을 원하는 고객이 많아 에베레스트 상품이 가장 대중적이다. 1970년대부터 나타나 1990년대 이후 미국 등 서구에서 많이 생겼고, 요즘은 고산 경험이 많은 셰르파들이 여행사를 직접 차려 미국 등보다 저렴한 에베레스트 등반 상품을 내세워 성업 중이다.

하지만 역사에 남은 '1996년 에베레스트'의 참극은 이 같은 상업등반대가 참가자들은 물론이고 다른 팀에게까지 폭탄 역할을 할 수 있음을 보여주었다. 에베레스트를 다섯 차례나 오른 롭 홀을 대장으로 하는 상업등반대, 뛰어난 산악인 스콧 피셔가 대장인 팀, 이 두 팀의 대장을 비롯해 8명이 사망하였다. 이 시즌 11개 원정대가 등정을 나섰다가 등반 마칠 때쯤 16명이라는 대규모 인원이 목숨을 잃었다. 이 참극은 2015년

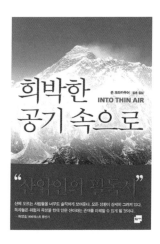

2009년 국내에 번역 소개된 존 크라카우어의 『희박한 공기 속으로』. 1997년 미국에서 발간 당시 베스트셀러를 기록했다.

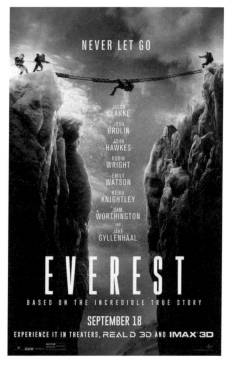

존 크라카우어의 책 내용을 바탕으로 1996년 에베레스트의 참극을 그린 영화 〈에베레스트〉 포스터

에 〈에베레스트〉라는 영화 속에서 재현되기도 했다.

참가자들은 참가비 65,000달러(당시 기준)에 항공료와 장비 구입비 등을 투자할 만큼 세계 최고봉에 올라가고 싶은 열망이 큰 사람들이었다. 자기들의 부족한 실력과 경험 대신 경험 많은 가이드에 의존하는 등반 스타일이었다. 들인 돈만큼이나 에베레스트 정상에 대한 욕심이 컸던 탓에 정상을 고집했지만 대가는 혹독했다. 정상을 오르다 체력이 소진됐고, 날이 저물고 악천후마저 닥치자 속수무책으로 추락하거나 얼어 죽었다. 상황적으로 되돌아설 시간이었으나 그러지 못한 것이 참극의 원인이었다.

여기에 대장이나 가이드들과의 소통이나 지휘 체계에도 문제가 되었다. 1996년 그해에는 에베레스트 지역에 악천후가 몰려와서 등반 속도도 느려지고 위험도 커졌다. 고객들이 하산해야 한다고 정해놓은 시간이 있었음에도 고집을 부리고 정상을 향하는 것을 가이드들이 막았어야 했는데, 원칙대로, 계획대로, 정상적으로, 이성적으로 상황은 움직이지 않았다. 상업등반대의 대장이나 가이드는 무리한 욕심을 부릴 수밖에 없다. 한 사람이라도 더 정상에 올려야 다음 고객 모집에 성공할 수 있고, 보너스에도 영향이 있기 때문이다.

엄홍길 대장은 "히말라야는 인간의 욕심으로 결코 오를 수 없다"는 깨달음으로 정상을 바로 눈앞에 두고 포기한 적도 여러 번이다. 안나푸르나는 네 번의 실패 끝에 올랐다. 포기를 배워야만 인생의 정상에 오를 수 있다는 말이 있다. 히말라야는 더 그렇다.

무언가
더 깊은 이유

　"왜 위험한 산에 왜 가느냐"는 질문에 운동 중독 이상의 무언가 더 차원 높은 대답을 산악인들도 찾고자 했을 것이다. 조지 말로리(George Mallory, 1886~1924)가 말한 "Because it is there(산이 거기에 있기 때문에)"라고 말한 것이 100년 동안이나 말하기 쉽게, 대답 중의 대답으로 쓰이기도 했다.

　다행히 학자들도 그것이 궁금했을 것이다. 이 문제에 대한 학문적 연구는 서양에서 먼저 이루어졌고 1980년대 이후 미국을 중심으로 주로 심리학자, 스포츠 사회학자들의 노력이 있었다. 우리나라에서는 2000년대 들어서서 연구가 시작되었으나 아직 많이 부족한 실정이다. 학자들은 주로 모험 스포츠 참가자들을 연구했는데, 암벽등반을 포함한 지상 모험 스포츠, 패러글라이딩과 같은 항공 모험 스포츠, 스쿠버다이빙과 같은 수중 모험 스포츠 참가자들을 포함하는 연구들이 대부분이다. 고산 등반가들을 포함한 연구도 많이 찾아볼 수 있다.

구체적으로는 심리학적으로 접근한 연구가 가장 많고 최근에는 뇌신경학적으로 들여다본 연구와 개인 체험을 심층적으로 분석한 연구도 하고 있다. 학자들은 감각추구 성향, 최적각성이론, 반전이론, 몰입이론, 운동 중독, 동기이론 같은 이론으로 설명하고 있다.

감각추구 성향(Sensation Seeking)이나 위험 감수(Risk Taking) 같은 개인 성향의 차이에 주목한 연구를 비롯해, 몰입(Flow), 최적경험(Optimal Experience), 최적각성이론(Optimal Level of Arousal Theory), 반전이론(Reversal Theory), 운동 중독(Exercise Addiction), 동기이론(Motivation Theory), 운동행동이론(자기효능감 모형, 심리적 모형, 건강믿음모형, 합리적 행동이론) 등 다양한 이론을 인터넷에서 손쉽게 찾아볼 수 있다 .

그들이 말하는 결과를 몇 가지 소개한다.

인간이 탐험을 시작한 동기와 같은 맥락인 호기심 차원이 가장 보편적이다. 또한 모험 스포츠 참여자들은 객관적, 주관적 위험을 인지하고 있음에도 불구하고 환경에 대한 자신의 유능함을 시험해보기 위한 장으로 모험 스포츠에 참여하고 있거나 자신들만의 독특한 행동양식, 규범이나 사회적 연결망을 형성하려는 경향을 보이고 있다. 모험 스포츠 참여시 자신이 선택한 활동에 대한 상한 정체성 확인이나 소속감, 자기실현 그리고 소속감의 혜택을 추구하고자 한다는 결과도 있다.

위험한 상황에 도전하는 행동에 대해 설명하기 위해 개인의 성향 차이에 주목하였는데, 가장 많은 연구가 이루어진 것이 감각추구 성향이라는 인간의 심리 특성이다. 마빈 주커만(Marvin Zuckerman, 1928~2018)이라는 학자는 개인이 일반적으로 선호하는 성향을 의미하는 개념으로서 감각추구 성향을 '신체적, 사회적, 법적, 그리고 재정적 위험을 기꺼이 감수하면서, 다양하고 신기한 그리고 복잡하고 강한 감각이나 경험을 추구하려는 욕구'로 정의하였다. 스릴과 모험추구, 경험추구, 탈억제 또는 탈제지와 권태민감성 같은 4개의 요인으로 구성된다. 비슷한 개념으로 각성추구 성향이 있는데 유사한 개념이다. 감각추구 성향은 신체 및 사회적 위험을 무릅쓰고 새롭고 신기한 경험이나 감각을 추구하려는 개인적 욕구로서 새로운 상황이나 위험에 도전하는 행위를 측정하거나 설명하는 기준이다.

모험 스포츠 참가자는 일반 스포츠 참가자보다 각성추구와 감각추구 성향이 높다. 감각추구 성향이 높은 사람은 경험의 변화를 더욱 추구하려는 경향이 있으며, 그것을 시도하려고 보다 많은 능력과 대처 기술을 학습하려는 경향이 있고, 도전적이고 창의적이며 진취적 행동을 하는 경향이 높다. 또 감각추구 성향이 높은 사람들은 위험 평가를 낮게 한다. 일반인들이 생각할 때 너무 위험스러워 보이는 상황을 등반가들은 별로 위험하지 않게 평가한다.

감각추구자는 적정한 자극 혹은 흥분수준(Optimal Level of Stimulation or Arousal)을 유지하기 위하여 다양하고 복잡한 경험을 필요로 하며 동일한 자극과 경험이 반복될 때 지루하게 느낄 것이라는 것이다. 따라서 이러한 감각추구자들은 그렇지 않은 사람들보다 적정한 각성수준이 더 높을 것이며 도전을 즐기고 쉽게 싫증을 낸다. 이들은 등산이나 서핑, 급류타기 등 신체적으로 위험한 활동을 좋아하고, 낯선 장소로의 여행, 약물 경험, 여러 사람과의 성 경험 등을 통해 감각추구 성향을 만족시키려고 한다는 주장이다.

그렇지만 단지 감각추구의 특성이 높으면 열중하는가? 동기와 정서를 빼고 감각추구 성향만으로 설명하기에는 한계가 있다. 그래서 각성과 정서와의 관계로 설명하려는 이론이 있다. 인간이 최대로 행복하기 위해서는 너무 과하지도, 모자라지도 않은 적정수준의 각성이 필요하다는 것이다. 여기서 각성이라 함은 특정 시간에 개인이 스스로 격앙되었다고 느끼는 감지 정도 및 동기감의 강도를 말한다.

스키토브스키(Scitovsky, 1910~2002)는 자극의 강도와 즐거움, 불쾌감과의 관계를 역 유(U) 가설을 통해 설명한다. 자극의 강도가 최적상태일 때 각성수준도 최적이기 때문에 즐거움을 초래하지만, 자극의 강도가 너무 낮은 상태에서는 각성수준도 낮아지기 때문에 권태를 느끼며 즐거움은 감소한다고 보고했다.

모험 스포츠가 높은 각성을 전제로 하기 때문에 스포츠 활동을 즐기는 과정에는 불편함이 따르지만, 이를 성공적으로 수행하였을 때는 비교적 모험요소가 덜한 스포츠에서 성취할 수 있는 것보다 더 큰 즐거움을 인지하게 된다.

몰입이론도 설득력이 있다. 상당히 유명한 이론이며, 칙센트미하이 (Mihaly Csikszentmihalyi, 1934~) 교수의 책이 국내에도 많이 번역되어 있다. 간단히 말하면 도전과 기술이 조화를 이루었을 때 최적의 각성수준, 내적 동기, 자유감과 긍정적 정서 같은 것 들의 발생을 촉진시켜 최고의 행복감을 느낀다는 것이다. 몰입으로 느끼는 행복감, 즐거움은 강한 내적 동기가 되어 계속적으로 스포츠에 참여하게 된다. 실제 많은 등반가들이 몰입의 순간을 이야기한다. 그러면 어떨 때 몰입이 찾아오고 행복감을 느끼는가? 도전과 기술 사이에 서로 균형을 이루는 활동이 되었을 때라고 한다.

몇 년 전에 이탈리아의 돌로미테로 암벽등반을 다녀왔다. 알프스 암벽등반의 역사에 중요한 무대였고 2천~3천 미터급 암벽이 즐비한 곳이었다. 우리나라 암벽의 대부분인 화강암과는 다른 석회암의 일종인 돌로마이트 암벽인데, 풍화가 심해 잘 부스러지고 낙석이 총알처럼 떨어졌다. 무너져가는 성을 오르는 듯했다.

그런데 내 실력보다 너무 어려운 난이도의 벽에 팀이 도전하는 바람에 같이 줄에 엮이게 됐다. 1991년 아마다블람 이후 거벽에 붙어보기는 처음이었다. 팀의 리더는 물 만난 고기처럼 신나했지만, 너무 어렵게만 느껴지는 수직의 벽을 간신히 몇 백 미터 올라간 나는 즐거움보다는 공포가 더 컸다. 도전과 기술 사이에 서로 균형을 이루는 활동이 되었을 때 몰입이 발생한다고 한다. 자기 기술 수준에 딱 맞는 암벽의 루트를 오를 때 몰입이 쉽게 일어날 수 있다. 반대로 너무 쉬운 루트를 오를 때는 성취감이나 즐거움이 덜하다. 등반가가 자기의 경험이 쌓이고 기술 수준이 향상되면 더 높은 도전 과제를 찾게 되는 이유이다.

운동 중독으로 연구하는 학자들도 있다. '러너스 하이(Runners High)'라는 말이 널리 알려져 있다. 운동 하이(Exercise High), 러닝 하이(Running high), 조깅 하이(Jogging high)라고도 한다. 마라톤뿐만 아니라 스키, 서핑, 레슬링, 축구 등을 즐기는 사람들에게도 나타난다. 일반적으로 30분 이상 달릴 때 얻어지는 도취감, 혹은 달리기의 쾌감을 말한다. 이때의 의식 상태는 헤로인이나 모르핀 혹은 마리화나를 투약했을 때 나타나는 것과 유사하다고 한다. 30분 이상 달려 신체가 고통을 느끼기 시작할 때 베타 엔도르핀이라는 신경물질이 생성되는데 일반 진통

제의 수십 배에 달하는 효과가 있고 마약과도 유사하기 때문이다. 무릎 연골이 다 닳아서 평소에 고통스러워하는 환자지만 의사의 만류에도 불구하고 계속 마라톤을 하는 것을 이해할 수 있는 현상이다.

우리 산악인의 정서로는 보다 고차원적인 이야기를 하고 싶지만, 운동 중독 차원에서는 고통이 극에 달했을 때 단순히 뇌에서 마약보다 강한 물질인 베타 엔도르핀이나 오피오이드 펩타이드 증가로 황홀경에 빠지게 되며, 이러한 상황을 다시금 맛보고자 운동을 재실시하게 된다고 한다. 이 물질은 통증에 대한 민감성을 감소시켜 황홀감과 중독성 행동 성향을 가져와 운동 참여자의 기분을 고양시키고 진통 효과를 가지고 있기 때문에 점차 중독차원으로 가게 만든다. 예지 쿠쿠츠카나 크리스 보닝턴 등도 그들의 책에서 이와 비슷한 이야기를 하고 있다.

또 인간의 욕구이론으로 설명하기도 한다. 클레이튼 앨더퍼(Clayton P. Alderfer, 1940~2015)의 ERG 이론을 보면 우리가 등반하는 이유도 존재 욕구나 관계욕구, 성장욕구로 설명할 수 있다. 내적 동기와 외적 동기로 구분할 때 내적 동기가 더 지속적으로 운동에 참가하게 되는 결과를 가져온다. 내적 동기의 예로는 어떤 보상을 바라지 않는 즐거움이나 몰입 등이 있다.

최근 들어 자결성이론이 등장했다. 이것은 인간이 유능성과 자결성을 느끼려는 본능적 욕구를 갖는 존재라는 것이다. 감각추구 성향이 높은 사람은 위험스러운 상황의 스포츠를 즐길 때 내적동기에 중요한 요인인 자결성과 유능성 욕구가 보다 높은 것으로 나타난다.

세상에서 제일 재미있는 스포츠는 무엇일까?

어느 작가는 헬멧 쓰고 하는 스포츠가 세상에서 제일 재미있다고 했다. 어떤 이들은 골프나 볼링 같은 안전한 스포츠를 가장 재미있다고 할 것이다. 사람마다 좋아하는 스포츠는 다르다. 사람마다 성향 차이가 있는 것이다.

헬멧을 왜 쓸까? 자칫 머리가 깨질 수도 있는 추락이나 충돌, 스피드 등 위험 요소가 있기 때문이다. 낙하산 타기, 행글라이딩, 자동차 경기, 스쿠버다이빙, 산악 등반, 스키 등. 머리가 깨질 각오를 하고 운동을 하면서 재미와 쾌감을 느끼고, 남들이 위험하다고 생각하는 익스트림한 행위에 대해 위험을 덜 느끼는 사람들이 있다. 위험도가 높은 모험 스포츠 참가자는 일반 스포츠 참가자보다 각성추구와 감각추구 성향이 높다.

나는 헬멧을 4개 가지고 있다. 암벽등반용, 산악스키용, 스키용, 산악 자전거용. 검사는 해보지 않았지만 나도 감각추구 성향이 높게 나올 것 같은 부류다. 놀이 공원에 가서 가장 무서운 놀이기구 몇 가지만 골라 타고 그 외에는 흥미가 없는 것만 봐도 그렇다. 일반인들이 위험하다고 여기는 암벽·빙벽을 오르고 히말라야 고산 등반을 했지만 내가 본 가장 미친 부류는 절벽 위에서 날다람쥐 같은 점핑 수트만 입고 뛰어내리는 사람들이다. 알프스 몽블랑 앞에 있는 봉우리에서 이렇게 뛰어내리는 사람을 봤는데, 심지어 헬멧도 안 쓰고 뛰어내렸다. 미친 사람 아닌가 생각했는데 어차피 실수해서 사고가 나면 헬멧을 쓰나 안 쓰나 사망 아니면 반신불수 신세가 될 것이다. 참으로 이해하기 힘든 놀라운 인간군이다.

등반 헬맷   산악스키 헬맷   스키 헬맷   자전거 헬맷

고산 등반의
의미

"긴 세월을 평범하게 살며 얻는 것보다 더 많은 것을 저 높은 데서
는 한 달 사이에 체험한다." (예지 쿠쿠츠카)

"자기 인생이 무라는 것을 안 자만이
자기의 의미에 대한 물음에 답할 수 있다.
일단 죽음의 지대에 들어서면 의미의 문제가 풀리기 시작한다.
사람은 불안에서 해방되고 시간적, 공간적 무한 속에서
자기를 해소시키게 된다. 이러한 체험을 겪고 나면
사람은 자기가 새로 태어난 것을 알게 된다." (라인홀트 메스너)

8,000미터 정상까지 가는 길은 험하고 멀다. 죽음보다 더한 고생을 하
기도 하고 죽음의 문턱을 넘기도 한다. 그것은 자아를 찾아가는 인생의

길이지만 죽음의 길이기도 하다. 그 길에서 자아를 성찰하고, 인생관, 세계관이 달라진다. 고산 등반은 극한의 사색이며, 홀륭한 자기 수행의 방법이 될 수 있다.

14좌를 인류 최초로 오른 라인홀트 메스너는 '열반'을 이야기한다. 등반은 높은 의식 세계에 대한 탐구이며 등반이 '차안(此岸)'과 '피안(彼岸)'을 잇는 다리이며 자아를 찾아나가는 과정이라 표현했다. 차안과 피안은 이승과 저승, 또는 지상과 하늘나라를 말한다.

> "8,000미터가 안 되더라도 등반 가치가 높은 산들은 무궁무진합니다. 제가 찾는 길은 아마 그런 이름 없는 산들의 어느 절벽에 있을 겁니다." (보이테크 쿠르티카)

보이테크 쿠르티카(Voytek Kurtyka, 1947~)는 예지 쿠쿠츠카와 같이 폴란드의 산악인으로서 쿠쿠츠카와 우열을 가릴 수 없을 정도로 뛰어난 산악인이다. 그렇지만 쿠쿠츠카처럼 14좌에 도전하기보다는 다른 길을 택했다. 8,000미터는 아니지만 아무도 못 올라간 미지의 거벽을 찾아 알파인 스타일로 속전속결의 등반을 이어갔다. 그는 어려운 등반 중 생사의 기로(岐路)를 경험하기도 하며, 두 가지의 극단적인 인간 감정을 체험한다. 넘치는 삶의 환희와 절망적인 죽음의 공포! 종교인의 경지에 다다른 듯 그는 서양인이지만 도(道)를 이야기한다. 등반이란 '고통과 인내의 예술'이며, '길을 찾는 것, 단순한 길이 아니라 동양철학에서 이야기하는 도(道)와 같은 어떤 것'이었다. 그는 등반에도 어떤 '도'가 있다고 믿었다. 등반은 곧 삶의 도(道)를 찾는 과정이었다.

뛰어난 산악인들의 기록을 종합해보면 그들이 등반을 통해 얻고자 하는 것은 주관적인 내면의 세계이며, 자신의 인생 경험을 풍부하게 하고 깊이 있게 하는 방편으로서 등반한다는 것을 알 수 있다.

그러나 반드시 고산 등반을 통해서만 이런 깨달음과 변화를 갖게 되는 것은 아니다. 국내의 낮은 산을 즐겨 다니는 일반 등산 애호가들과 사회 유명 인사들의 깨달음을 다룬 책들에서도 이런 내용을 찾을 수 있다.

산악인들이 등반을 인생의 축소판이라고 말하듯이 마라토너들도 마라톤을 그렇게 이야기한다. 250킬로미터 고비사막 달리기 등을 해낸 극한 마라토너 송기석 씨의 이야기다. 그는 달릴 때 자신을 대면하게 되며, 가족이나 직장을 넘어 인생 자체에 대해 성찰하게 된다고 한다. 그가 달리면서 보니 직장은 삶의 한 부분에 불과했다. 마음의 여유가 생기자 좋아하는 일을 배울 수 있었고, 어려운 이웃을 돌아보는 여유도 생겼다. 직장 생활도 더욱 열심히 하게 됐다.

특히 그는 고비사막에서 열린 마라톤에 참가한 뒤 인생관이 크게 바뀌었다. 6박 7일 동안 250킬로미터를 달리며 죽을 고생을 한 그는 그런 고통스런 기간 동안 큰 깨달음을 얻었다고 한다. 거의 한뎃잠을 자고 제대로 먹지도 못 하는 노숙자 같은 생활을 하면서 스스로를 돌아보니 자신의 삶은 풍요로 가득 차 있었다는 깨달음이다. 사막 마라톤을 다녀온 뒤 그의 삶의 태도는 크게 바뀌었다. 얼굴도 밝아지고 늘 바쁘게 살았지만 이제는 느림과 여유를 중요시하게 됐다. 직원들을 대하는 태도가 가장 많이 변했다. 예전 같았으면 다그칠 일이지만 지금은 한 발짝 물러나서 기다려주고 직원들의 의견을 많이 수용하려고 노력한다고 한다.

중간에 만난 가난한 나라의 아이들을 보고 물질만으로 행복을 평가할 수 없다는 생각이 들었다. 그래서 어려운 아이들을 돕는 일에 나서며 자기가 가진 것을 나누려고 한다. 그도 마라톤을 통해 자기를 성찰하고 삶을 긍정적으로 더 열심히 살게 되었다.

이제 8,000미터까지 이르는 길은 예전보다 훨씬 쉬워졌다. 과학기술의 발달로 장비가 진화하고 경제적인 사정도 좋아졌고 많은 팀들이 히말라야로 향한 길을 열기가 쉬워졌다. 히말라야에서의 상업적인 등반대의 모습이 증가하면서 그 높이도 옛날보다 낮게 느껴진다. 서두에 예지 쿠쿠츠카의 말이 있지만 요즈음 에베레스트에서처럼 대규모 물량과 셰르파의 도움을 받으며 오르는 과정에서 진정한 내적 체험을 할 수 있을까?

이제 국가나 단체의 명예를 걸고 언론과 기업의 대대적인 후원을 받아 거봉에 오르는 시대는 지났다. 개인적인 성장의 방편으로서 명예나 보상을 바라지 않는 소박한 등반이 세계적인 추세다.

산악인, 사람,
그들의 이야기

_ 니콜라스 오코넬(Nicholas O'connell, 1957~)

"그들은 단지 아드레날린이나 훈련을 위해서가 아니라 자기 자신들과 그들 주변 세계에 대한 통찰력을 얻기 위한 기회를 위해 등반한다. 또한 등반은 어려운 루트를 완등하는 그 이상이기 때문에 자기완성에 이르는 길이다. 단지 다른 스포츠나 여가활동이라기보단 자기인식의 길이요, 자연과의 접촉을 통해 성장하고 활력을 되찾는 수단이며, 짧고 집중적인 시간에 인간 감정의 극한들을 경험할 수 있는 방법이고, 완전히 살아 있다는 특별한 즐거움과 커다란 위험에 직면하여 느끼는 솔직한 두려움을 경험할 수 있는 길로 여겨질 수 있다. 그러므로 인간 삶의 본성을 엿볼 수 있는 셈이다."

고산 등반가들의 직업

"산에 가면 밥이 나오냐, 떡이 나오냐?"

높은 산에 갈 궁리를 하는 어느 산악인에게 날아온 돌직구 질문이다. 고산 등반가들의 직업에 대한 조사한 바가 없어 내 인맥과 경험을 최대한 끄집어내본다. 고산 등반가들이 밥도 떡도 안 나오는 산에 다니면서 어떻게 먹고 사는지 궁금해 하는 분들에게 조금이나마 답이 되었으면 하는 바람이다.

고산 등반·모험 전문 익스플로러스웹(https://explorersweb.com) 사이트를 뒤져보니 "모험가는 어떻게 생활비를 버는가?"(How to Make a Living as an Adventurer)"라는 글이 있다. 여기서는 기업의 후원(Sponsored Athlete), 동기부여 강사(Motivational Speaker), 상속 재산(Family Money), 가이드(Guide), 유연 근무직(Flexible Work), 예술가(Artist) 등 여섯 가지를 예로 들었다.

그러나 이는 외국의 경우이고, 우리나라 사정과는 많이 다르다. 내가 아는 한 국내 산악인 중에 상속 재산이 있어 걱정 없이 산에 다니는 사람은 한 사람도 없다. 다른 직업 없이 기업의 후원이나 강연 수입으로 살 수 있는 산악인은 허영호 대장, 엄홍길 대장 등 아주 유명한 몇 사람을 제외하고는 역시 찾기 어렵다. 산악 작가도 산악 사진가도 경제적인 풍족함을 누리기는 어렵다. 또 우리나라 산은 낮은 편이라 산악 가이드라는 직업이 정착되지 못했다. 내국인을 모객해서 외국의 산으로 가이드를 하는 경우나 여행사에 소속되어 있는 경우도 있으나 역시 그리 많지 않다.

외국의 사례로서는 14좌 최초의 완등자인 라인홀트 메스너가 가장 성공한 산악인일 것 같다. 중학교 수학교사, 유럽의회의 의원도 역임했던 그는 전문 산악인으로서 집필과 강연으로도 유명하다. 그의 수많은 책들 중 전 세계에서 베스트셀러가 된 책들이 많다. 일찍이 1980년대 아웃도어 기업 필라(Fila)의 후원을 받았으며, 지금은 이탈리아에서 6개의 메스너 산악박물관을 건립하고 관장을 맡고 있다.

또 현존하는 영국 산악인 중 세계적으로 가장 유명한 크리스 보닝턴(Chris Bonington, 1934~)은 군인을 그만두고 전문 산악인의 길을 택하여 돈을 벌 수 있는 길을 잘 찾은 케이스이다. 보닝턴은 최초로 에베레스트 남서벽 원정을 성공시킨 등반가답게 새롭고 어려운 등반을 기획하여 훌륭하게 성공시키고 출판과 강연을 하는 등, 등반가이자 작가로서 성공했다. 가난한 어린 시절을 보냈으나 산악인으로서 하고 싶은 일을 하면서 부와 명성을 다 가진 성공 사례에 해당한다. 한때 우리나라에도 론칭되었던 영국 아웃도어 브랜드 버그하우스(Berghaus)의 후원을 받아

1980년대부터 버그하우스 의류를 입고 히말라야를 올랐으며 지금은 그 회사의 명예 회장으로 인연을 이어가고 있다.

우리나라도 유명 산악인들은 아웃도어 기업에서 연봉을 받으며 등반에 전념하기도 한다. 연봉을 받는 산악인은 몇 안 되고, 원정 경비나 장비를 후원받는 경우가 더 많다. 노스페이스는 스포츠클라이밍, 고산 등반, 암벽등반 분야별로 가장 많은 전문가를 후원해주고 있다. 이들은 용품의 필드 테스트나 기술 자문, 홍보 등의 역할을 하기도 하고, 순수하게 등반만을 조건으로 후원받기도 한다. 고 박영석 대장과 고 김창호 대장이 마지막까지 노스페이스에서 후원을 받았다. 엄홍길 대장은 에델바이스, 밀레, 블랙야크에서, 가장 최근 14좌를 오른 김미곤 대장은 버그하우스, 블랙야크에서, 장애 산악인으로 14좌 완등을 목전에 둔 김홍빈 대장은 현재 콜핑의 후원으로 안정적으로 등반에 집중할 수 있게 됐다. 그 밖에 코오롱 스포츠에서 김재수 대장과 고 고미영을 후원했고, 오은선 대장은 노스페이스와 블랙야크의 도움을 받아 14좌 완등을 이룰 수 있었다.

그렇다면 "밥이 나오냐?"는 힐난성 질문을 받는 우리나라의 현실적인 산악인들은 어떠할까?

결론부터 이야기하면 찐내 나는 스토리가 대부분이다. 8,000미터급 고산 하나를 오르기 위해서는 최소 한 달 이상을 투자해야 하므로 많은 등반가들이 일정한 직업을 유지하면서 해외 원정 등반을 병행하기가 쉽지 않다. 긴 원정 등반을 흔쾌히 허락해주는 회사가 많을 리 없다. 사실 나도 초등학교 교사라는 안정된 공무원직을 놓을 수는 없어 좋은 등반 기회를 놓치기도 했다. 히말라야 등반이라는 꿈을 이루기 위해 사표

2016년 안나푸르나 정상에선 김미곤 대장

를 택한 사람도 많다. 안정적인 풀타임 직장을 갖기보다는 언제든 때려 치우고 산으로 달려갈 수 있는 직업을 택하는 경우가 많다.

그래도 등산장비 관련 회사나 매장에서 일하거나, 인공 암벽장 운영, 등반 강사, 여행사, 자영업 등에 종사하는 경우는 조금 나은 편이다. 내 주변에는 고층빌딩 외벽 청소나 도색 일을 하는 사람이 여럿 있다. 로프에 매달려 높은 곳에서 하는 일이기에 등반 시스템을 이해하는 산악인들이 잘할 수 있기도 하고 위험한 만큼 보수가 많고 스케줄 조정이 가능하기 때문이다.

한편 프로 야구, 프로 축구, 프로 농구팀처럼 한국에서도 산악 실업팀이 있다. 한국도로공사 산악팀이 가장 두드러지는데 2001년에 창단되었다. 여기에는 당시 한국도로공사에 근무했던 산악인 박상수 씨의 공로가 컸다. 조선공대산악회 출신으로서 광주전남학생산악연맹 회장도 역임했고, 호남 지역의 해외 원정사에서 그의 이름을 쉽사리 찾을 수 있다.

김미곤 대장이 2018년 도로공사의 깃발을 들고 자신의 마지막 14좌 봉우리인 낭가파르바트 정상에 섰다. 그는 한국도로공사 인재개발원 인재개발팀 소속으로 산악팀을 이끌며 직원 교육과 사회공헌사업 등을 담당하고 있다. 인재개발원 프로그램으로 직원 자녀들과 아빠와 함께하는 캠핑이나 산행 등도 산악팀이 있기에 만들어진 것이고, 지금은 가벼운 활동으로 대체됐지만 도로공사 신입 사원 연수 코스로서 '설악산 대청봉 오르기'는 회사의 전통이었다.

포스코에서도 2000년대에 사내에 산악회가 구성되어 해외원정대가 여러 번 꾸려졌다. 박태준(1927~2011) 회장 시절부터 시작된 산악활동에 대한 지원은 포스코에 24년 간 재임하며 회장까지 오른 정명식(1931~2021) 회장 대에 와서 더욱 활성화된 바 있다. 그는 경기중학부터 산에 다니기 시작해 경기고, 서울공대에서 산악부 활동을 하였으며, 한국산악회 회장을 역임한 우리나라 산악계의 1세대이다.

2000년대에는 히말라야로 수많은 한국 팀이 원정을 나갔고 IMF사태 이후 등산 붐이 일면서 2010년대까지 국내 아웃도어 산업이 최전성기였다. 2014년 국내 아웃도어 시장 규모는 미국에 이어 세계 2위를 찍었다. 수많은 기업의 CEO들과 아웃도어용품 업체들의 후원 덕분에 한국 등반가들이 등반 역사를 써나갈 수 있었다.

그러나 2021년 현재 국내에서는 지속적이고 전문적으로 고산 등반을 하는 사람이 많이 줄었다. 청년들의 취업난도 영향을 미쳤다. 이제는 웬만큼 대단한 등반이 아니면 기업이나 지자체의 도움을 받기가 어려운 분위기이다. 마음이 맞는 사람끼리 팀을 꾸려서 적은 비용으로 등반하는 것이 대세인 시대가 왔다.

스포츠, 문화, 예술 분야에서 돈과 관계없이 순수하게 한 우물을 파는 사람을 높게 사듯이, 탐험가가 미지의 세계를 탐험하며 지평을 넓혔듯이, 등반가들도 탐험의 연장으로 예술가와 다름없는 무상(無償)의 행위를 하고 있는 것이다. 이제는 죽음과 손가락 절단 같은 극한 고생의 이미지인 8,000미터 정상 등반을 떠나, 고도는 낮더라도 수직의 벽에 매달려 더 어렵게 오름짓을 하는 젊은이들에게 포커스를 맞추는 것은 어떤가? 수직의 벽을 오르는 인간의 몸짓은 어느 스포츠보다 아름다운 예술이다.

요즈음 가요계에서 트로트 경연 프로그램을 통해 아름다운 청년들이 등장해 우리 사회에 트로트 열풍을 만들어내고 있다. 고산 등반에서도 새로운 스타가 나타나서 꺼져가는 고산 등반 열정을 살렸으면 좋겠다는 희망도 품어본다.

대를 이어
에베레스트에 오른 사람들

부모와 자식이 등산을 취미로 같이 산을 오르는 장면은 흐뭇한 광경이다. 그러나 고산 등반이라는 분야는 단순히 같은 취미 차원이라든가 흐뭇한 사연만 있는 것은 아닌 듯하다. 대를 이어서 고산 등반을 하고, 부모가 죽은 산을 다시 오르고, 부모처럼 산에서 생을 마감하는 경우를 보면 이 무슨 기구하고도 가혹한 운명인지 딱하기 이를 데 없다.

나는 임신 상태로 고산에 올랐다고 영국의 앨리슨 하그리브스에 비교되기도 해서 그녀에게 운명적으로 끌릴 수밖에 없었다. 앨리슨은 나보다 3년 먼저 태어난 산악인이다. 그녀는 20대에 첫 아기를 임신한 채로 알프스 아이거북벽, 나는 히말라야 아마다블람을 올랐다.

동시대의 여성 산악인으로서 결혼과 출산 후에 엄마와 등반가의 삶 사이에서 산으로 향할 수밖에 없었던 그녀의 고뇌와 선택이 그대로 가슴에 와 닿는다. 그녀가 살아 있다면 한 번은 만날 수 있었으리라는 생각도 든다. 평행이론을 갖다 댈 것은 아니지만 그녀의 인생과 가족들의 이야기는 남의 일 같지가 않다.

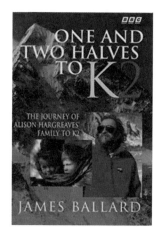

1995년, 앨리슨이 사망한 후 당시 7살, 4살이던 두 아이와 남편이 그녀의 마지막 산인 K2 베이스캠프를 다녀오는 일정을 영국 BBC에서 다큐로 만들었고, 『엄마의 마지막 산 K2』라는 책으로 나왔다. 7살이던 아들 톰 발라드(Tom Ballard, 1988~2019)는 23세가 되던 2011

엘리슨의 남편인 제임스 발라드가 1996년에 펴낸 『엄마의 마지막 산 K2(One and Two Halves to K2)』.

년, 엄마의 마지막 산이었던 K2 등반에 나섰다지만, 정상에 오르지는 못했다. 27세에는 엄마가 올랐던 알프스 6대 북벽을 동계 시즌에 올랐다.

그런데 톰이 2019년 낭가파르바트(8,125m)를 오르다 실종되었고 나중에 시신으로 발견되었다. 어머니가 남긴 흔적을 따라 등반가의 삶을 택했던 이 청년이 꿈을 더 펼치지도 못하고 너무 일찍 죽게 된 것에 마치 내 아들 같아서 가슴이 에이는 듯하다. 앨리슨의 아들은 88년생, 내 아들은 92년생으로 동시대를 살아갈 수도 있었던 인연이었다. 다른 어느 유명 산악인의 사고 소식보다도 가슴이 먹먹하고 안타까운 뉴스였다.

1953년 에베레스트를 최초로 오른 에드먼드 힐러리(Sir Edmund Hillary, 1919~2008)와 아들 피터 힐러리(Peter Hillary 1954~) 역시 대를 이어 에베레스트에 올랐다. 피터는 1990년 5월, 에베레스트 정상에 올라 처음으로 아버지와 아들 모두 에베레스트를 오른 기록을 남긴 데 더하여, 이후 7대륙 최고봉까지 올랐다.

아버지 힐러리 경은 에베레스트를 초등한 이후 산악인들은 물론 세계인들의 존경을 받아왔다. 영국 여왕이 기사 작위를 내렸으며, 생존 인물로는 처음으로 뉴질랜드 지폐에 얼굴이 실린 국민적 영웅이 되었다. 남극점 도달과 히말라야 10개 봉우리 등정 등 탐험과 등반을 이어갔지만 그가 존경받는 더 큰 이유는 네팔 산중에 학교와 병원 등을 지어주면서 셰르파족을 돕는 일에 일생을 헌신했다는 점이 꼽힌다.

1967년 '히말라야 트러스트'라는 재단을 만들어 120여 차례나 네팔을 방문, 오지 주민들을 돕는 자선사업을 했다. 그 과정에 1975년에는 힐러리 경이 병원 건설을 위해 네팔에 체류하고 있을 때 아내와 16살이던 막내딸이 카트만두에서 비행기 추락사고로 숨지는 비극을 겪기도 했다.

힐러리 경은 피터가 11살 때 에베레스트 베이스캠프에 데리고 갔다. 피터가 에베레스트 초등자 아버지의 대를 이어 산악인으로서 살게 된 것은 운명이지 않을까 싶다.

힐러리와 함께 에베레스트에 오른 셰르파 텐징 노르게이(Tenzing Norgay, 1914~1986)의 아들 잠링 텐징 노르게이(Jamling Tenzing Norgay, 1965~) 또한 1996년 5월에 에베레스트에 올랐다. 또 손자 라시 왕추 텐징도 2002년 5월 등정해, 3대가 정상을 밟았다. 그리고 2002년에는 에베레스트 초등 50주년 기념 등반으로 두 아버지처럼 피터 힐러리와 잠링 노르게이가 같이 에베레스트 정상에 오르기도 했다.

아버지 텐징은 1930년대부터 영국 원정대와 인연을 맺었으며, 1953년 영국 원정대를 도와 힐러리와 함께 인류 최초로 에베레스트 정상에 오르는 영광을 차지하였다. 에베레스트 등반 이후 텐징은 인도에 히말라야 등반연구소를 설립하여, 인도 군인과 경찰들에게 등반 기술, 고산 생존법 등을 가르쳤다. 1978년에는 '텐징 노르게이 어드벤처'라는 트레킹 회사를 설립했고, 현재는 아들 잠링이 운영하고 있다. 그의 삶을 다룬 수많은 책과 영상물이 만들어졌고, 2008년에는 네팔의 루크라 공항이 '텐징-힐러리 공항'으로 명명되기도 했다.

한편 1924년 제3차 영국 에베레스트 원정대에 참여하였다 실종되었다가 75년 만에 시신이 8,100m 높이에서 발견된 조지 말로리(1886~1924)의 친손자가 1995년 5월에 에베레스트에 오르기도 했다. 71년 전에 할아버지가 오르던 루트를 따라 정상에 오름으로써 할아버지가 못 이룬 꿈을 이루었다.

1963년 5월 미국인으로서 처음 에베레스트에 오른 배리 비숍(Barry C. Bishop, 1932~1994)의 아들 브렌트 비숍(Brent Bishop, 1966~)이 1994년 에베레스트를 등정하면서 부자(父子) 에베레스트 등정 두 번째를 기록했다. 따라서 텐징 노르게이의 아들 잠링의 1996년 부자 에베레스트 등정은 세 번째가 된다.

우리나라에서는 1987년에 에베레스트를 등정한 허영호와 그의 아들 허재석(당시 26세)이 2010년에 에베레스트를 같이 올랐다. 허영호는 1977년 고상돈이 에베레스트를 처음 오른 지 10년 만에 한국인으로 두 번째 등정을 했는데 겨울 시즌에 올랐다. 허영호는

2010년 5월 17일 에베레스트 정상에 오른 허영호 허재석 부자 〈사진 : 월간 산〉

히말라야 마칼루 등정, 북극점과 남극점 원정, 7대륙 최고봉 등을 했으며, 에베레스트를 6회나 올라 국내에서 최다 등정을 한 산악인이다. 아들 허재석은 아버지를 따라 12세에 아프리카 최고봉 킬리만자로, 15세에 유럽 최고봉 엘부르즈, 19세에 알프스 최고봉 몽블랑에 올랐다.

프랑스의 경우 1990년 10월 7일 장 로웰 로쉬(Jean Noël Roche, 생몰연대 미상)와 아들 베르트랑 로쉬(Bertrand Roche aka Zebulon, 1973~)가 에베레스트를 함께 오른 최초의 부자가 되었다. 둘은 사우스 콜에서 2인승 패러글라이더로 베이스캠프까지 하산했다. 등정 당시 17세 217일이었던 베르트랑은 외국인 최연소 등정자라는 기록을 남겼다. 또 2001년 다시 한 번 그의 아내와 함께 에베레스트에 올라 역시 2인승 패러글라이더로 정상부터 8분 만에 6,400m 전진 캠프까지 활강한 기록을 세우기도 했다.

아버지를 잘 만난 것인지 못 만난 것인지 모르겠지만 자식들의 운명이 비극적이지는 않다. 그러나 여기 슬픈 이야기 하나가 있다. 인도 히말라야에서 세 번째로 높은 난다 데비(7,817m)는 아름다운 봉우리다. 미국의 산악인 윌리 언솔드(Willi Unsoeld, 1926~1979)는 1949년 매혹적이고 신비로운 난다 데비를 처음 보고 자신이 딸을 낳게 된다면 난다 데비라는 이름을 지어주겠다고 마음먹었다. 그 후 바람대로 딸이 태어났고 딸 데비는 아버지의 기대대로 성장

2010년에 출간된 번역본. (존 로스켈리 지음, 조성민 옮김, 토파즈)

했다. 어린 시절부터 누구보다도 난다 데비 산에 친밀감을 갖고 있던 데비 언솔드는 자기 아버지처럼 난다 데비 정상에 오르고 싶다는 꿈을 갖게 되었고 1976년의 미국-인도 합동 난다 데비 등반대에 아버지와 함께 참여하게 된다. 그러나 딸 데비 언솔드는 캠프 IV에서 급성 고산병으로 사망하고 만다. 이 이야기는 산악인이자 사진작가인 존 로스켈리(John Roskelley)가 1987년에 『Nanda devi: the tragic expedition』이라는 책으로 펴냈으며, 2010년 국내에서 『난다 데비 눈물의 원정』이라는 제목으로 번역서가 나오기도 했다.

에드먼드 힐러리 경과
엄홍길

　에베레스트 최초 등정자 에드먼드 힐러리와 우리나라의 엄홍길은 세계적으로 유명한 산악인이자 인생의 2막에 이르러 세상의 낮은 곳을 위해 봉사하는 삶을 산다는 점이 닮았다. 힐러리가 만든 히말라야재단(Himalayan Trust)과 엄홍길이 만든 엄홍길휴먼재단은 히말라야의 낙후된 지역을 돕는 사업을 하고 있다.

　이제 고인이 된 힐러리는 1953년 에베레스트를 오르고 1960년부터 평생을 네팔과 셰르파들을 도왔다. 뉴질랜드에서는 그저 당연한 것으로 여기는 많은 것들이 네팔에는 너무도 부족한 것을 보고 히말라야 재단을 설립했다. 셰르파 자녀들을 교육시키기 위해 학교를 설립하려고 전 세계를 돌며 강연과 모금활동을 벌여 학교 27곳, 병원 2곳, 그리고 의료원 12곳을 설립하는 데 실질적인 도움을 주었다. 그리고 물살이 거센 강 위에 교량을 건설해주고 몇 군데의 비행장 건설, 불교 사원과 문화

사원도 개축했다.

　에베레스트 길목의 높은 마을 쿰부에 세운 쿰중학교 제1회 졸업생 47명 중 꽤 많은 학생이 상급학교로 진학하여 간호사, 의사, 교사가 됐다고 한다. 관광객 때문에 호텔들이 생기고 땔감으로 나무를 베어내느라 숲이 사라지자 사가르마타 국립공원에 100만 그루의 묘목을 심었다. 히말라야에 사는 소중한 친구들을 위해 학교와 의료시설을 짓고 운영한 일과 그들의 아름다운 사원을 복구하도록 도와준 일들이 가장 중요한 일이라고 회고한다.

　한편 미국 히말라야재단도 있는데 힐러리의 히말라야재단을 돕고 있다. 미국 히말라야재단은 리차드 불룸이라는 미국의 기업가가 설립했는데 그 계기는 한 셰르파 때문이었다. 셰르파 파상 카미는 불룸이 1968년 네팔 트레킹을 갔을 때 악천후와 어려움 속에서 정성을 다해 불룸을 보살펴 감동을 주었다. 불룸이 친구를 맺고, 카미의 다섯 딸을 수양딸을 삼아 교육까지 시켜주었다.

　미국 히말라야재단은 히말라야 지역민들의 교육과 건강, 문화 보존, 자연보호, 티베트 난민 구호 등 130여 종의 사업을 전개한다. 힐러리를 도와 네팔에 설립한 학교 수를 42개로 늘렸고, 인도, 티베트, 부탄 등지에 학교, 병원, 양로원 등을 건립했다. 히말라야 지역의 조림사업과 야생동물 보호, 낡은 사원의 복원 작업을 하면서 사창가로 팔리는 어린 소녀들을 구조하고 있다.

　엄홍길은 14좌를 다 오르고 2개의 8,000미터 위성봉을 더 올라 16좌를 올랐다. 16좌라는 타이틀 사용에는 말들이 많지만 16개라는 산의 개수에 맞춰 네팔에 16개 학교를 지어주려 했으니 언급할 뿐, 16좌라는 명분에 대한 별도의 판단은 없음을 밝힌다.

언론과의 인터뷰에는 "히말라야에 도전할 때마다 '산에서 무사하게 내려온다면 그 은혜를 주위 사람들과 나누면서 살겠다'는 결심을 했다"고 밝힌다. 그리고 2008년 엄홍길휴먼재단을 설립해 그 약속을 실천하고 있다.

휴먼재단은 여러 가지 사업을 하고 있는데 가장 상징적인 것은 네팔 오지에 학교를 지어주는 일이다. 16좌를 올랐으니 16개의 학교를 짓고 마무리하려 했으나 함께하는 후원자들의 성원으로 17번째 학교가 설립됐고 계속 후원을 할 예정이라고 한다.

네팔에서는 오지의 청소년 교육, 의료 지원과 환경 사업, 셰르파 유가족 지원 사업 등을 한다. 국내에서는 산악인 유가족을 돕는 사업, 청소년 스포츠 클라이밍 대회 개최, 대학생들과 DMZ 155마일을 걷는 'DMZ 평화통일대장정', 자신이 거주하는 강북구의 중학생들과 매달 한 번씩 산행을 하는 청소년희망원정대를 꾸준히 진행하고 있다. 일 년 열두 달 스케줄이 빼곡하지만 중학생들과 산행은 꼭 지키고 있는데, 한 달 두 달 걷다보면 아이들이 좋은 쪽으로 변화하는 모습을 관찰하고 느낄 수 있었다고 말한다. 우리의 미래인 아이들 교육에 후원하는 일은 언제나 옳다. 각계각층의 후원자들이 정성을 모으고 있는데, 나도 적은 금액이지만 정기 후원을 통해 일조하고 있다.

힐러리에 대한 전 세계의 인지도와 호감도는 매우 높다고 생각한다. 뉴질랜드 화폐에도 얼굴이 새겨질 정도로 영웅이며 인류 최초 에베레스트 등정이 운명이 되어 평생 네팔을 위해 봉사하고 헌신하며 아름다운 역사를 써내려갔기 때문이다. 그의 아들도 에베레스트를 오르고 네팔

2017년 9차 마칼루 휴먼스쿨 준공식

에 대한 애정과 책임으로 히말라야재단에 관여하고 있다.

엄홍길 대장에 대한 국내에서의 평가는 너무 극과 극이다. 안타까운 현실이나 시간이 더 흘러 정당한 평가를 받을 수 있는 기회가 오리라 생각한다.

엄홍길 대장은 설악산 신흥사에서 생불(生佛)로 대접받는다는 이야기를 들었다. 속초 사는 지인에게서 들은 이 이야기는 내 주변에서는 아는 사람이 거의 없었다. 사연인즉 폭우로 재무 스님과 단청공사 인부 3명이 탄 승용차가 계곡물에 갇혀서 휩쓸려 내려갈 뻔한 위기 상황에서 엄홍길 대장이 자일을 이용해 구조했다고 한다. 또 엄 대장은 불자로서 조계종 신도산악회장으로도 봉사하고 있다.

산악 그랜드슬램의 주인공,
박영석

그랜드슬램(Grand Slam)이라는 말은 골프나 테니스 같은 스포츠에서 주요한 4개 대회에서 우승했을 때 사용하는 말이다.

산악인들에게 그랜드슬램이라는 것이 있을까? 누가 처음 비유했는지는 몰라도 산악 분야에서는 히말라야의 8,000미터급 14봉 등정, 7대륙 최고봉 등정, 지구 3극점 도달을 통틀어 일컫는 말이다.

8,000미터급 14봉은 우리나라에서는 14좌(座)라는 말을 쓴다. 성좌(星座), 곧 하늘의 별자리처럼 높은 곳에 있는 봉우리라는 데서 유래한 용어인 듯하다. 히말라야 산맥은 파키스탄, 인도, 중국, 부탄, 네팔에 걸쳐 있으며, 에베레스트를 포함 14개의 8,000미터 봉우리가 모두 이곳에 모여 있다.

14좌를 처음으로 완등한 사람은 이탈리아의 라인홀트 메스너(Reinhold Messner, 1944~)이다. 그의 대기록은 1970년부터 1986년까지 16년에 걸쳐서 이룩되었다. 무서운 속도로 메스너를 추격했었던 폴란드의 예지 쿠쿠츠카(Józef Jerzy Kukuczka, 1948~1989)는 2인자가 됐다. 1979년부터 1987년까지 8년 만에 다 올랐음에도 세계 최초가 되지는 못했다. 그러나 새로운 루트를 개척했으며, 훨씬 어려운 동계 초등을 이룩했고, 단독 등반이나 알파인 스타일 등반으로 올라 차별성을 만들어냈다.

우리나라에서는 엄홍길(1960~) 대장이 1988년부터 2000년까지 끝냈고, 박영석(1963~2011) 대장은 1993년에 시작해 2001년에 끝냈다. 엄홍길 대장이 12년, 박영석 대장이 8년 걸렸다.

세븐 서미트(Seven Summits)라고 불리는 7대륙의 최고봉은 아시아의 에베레스트(8,848m), 남미의 아콩카구아(6,959m), 북미의 데날리(6,194m), 아프리카의 킬리만자로(5,895m), 유럽의 엘브루즈(5,642m), 오세아니아의 칼스텐츠(4,884m), 그리고 남극대륙의 빈슨매시프(5,140m)이다.

지구 3극점은 남극과 북극, 에베레스트를 말한다. 에베레스트는 히말라야 14좌, 세븐 서미트 그리고 3극점에 모두 들어간다.

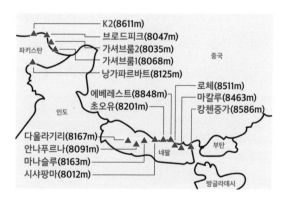

파키스탄, 인도, 중국, 부탄, 네팔 5개국에 걸쳐 위치한 히말라야 산맥에는 해발 8,000m 이상 봉우리 14개가 솟아 있다.

예지 쿠쿠츠카

라인홀트 메스너

엄홍길

박영석

그렇다면 산악 그랜드슬램을 달성한 사람이 있을까?

있다. 우리나라의 박영석 대장. 아직까지 전 세계에 단 한 사람이다.

박영석 대장은 산악 그랜드슬램을 달성한 후에도 2009년 에베레스트 남서벽에 코리안 루트를 개척하는 등 더 어려운 등반을 이어갔다. 안타깝게도 2011년 안나푸르나 코리안 루트 개척 중 눈사태로 실종, 안나푸르나의 일부가 되었다.

나는 박영석 대장의 후배로 몇 번의 원정에 동행했다. 나로서는 처음이자 유일한 8,000미터 봉우리 가셔브룸 2봉도 같이 올랐다. 히말라야 등반을 가고 싶은 후배에게 기회를 주고 이끌어주던 후배 사랑이 넘치는 산악인이었다. 박영석 대장의 원정에 동행해서 8,000미터급 봉우리의 등정자가 된 후배들이 스무 명쯤 된다.

여성 산악인의 최고봉, 다베이 준코

히말라야 경단녀의 입장에서 부럽고 부러운 인생. 존경하는 산악인, 그녀, 다베이 준코(田部井淳子, 1939~2016)

나는 신혼이던 20대에 아마다블람을, 애 둘 낳고 30대에 가셔브룸2봉을 올랐다. 이를 눈여겨본 박영석 대장님으로부터 여러 번 8,000미터 원정대에 부름을 받았지만 갈 수 없었다. 당시 나를 '남자로 태어났어야 할 놈', '남자보다 의리 있는 놈', '박경이는 고산 체질'이라고 말하곤 하던 대장님이었다.

하지만 가셔브룸 딱 한 번으로 더 이상의 8,000미터는 포기했고 '히말라야 경단녀'가 됐다. 죽음과 삶이 종잇장 한 장 차이인 걸 깨닫고 가셔브룸에서 돌아오니 5살 아들, 3살 딸내미가 두 달 동안이지만 엄마의 빈자리 때문에 큰 트라우마가 생긴 듯했다. '엄마가 사라졌다', '우리들을 버렸다'는 그런 충격을 받은 듯했다. 그렇게 느끼는 순간 그걸로 끝이었다. 8,000미터는 접자! 남편의 외조가 컸지만 아이들에게는 엄마가 없는 세상을 살게 할 수 없었다. 당시 아이들이 어린 마음에 친척 집에 두 달 얹혀 살며 느꼈던 설움을 지금도 기억한다.

나이 들며 6,000미터, 5,000미터, 4,000미터로 높이를 낮춰 등반을 하고, 아이들과 함께 할 수 있는 스키에 재미 붙이다 산악스키 국제심판을 하고, 늦은 나이에 대학원에 들어가 고산 등반으로 논문을 쓰고, 산악 전문지 편집장이나 국립등산학교 교육실장 등으로 자리를 옮기며 살아온 삶을 돌이켜보니 산을 떠나지 않았다는 결론, 그리고 인생의 또 다른 히말라야를 끊임없이 추구했다는 말로 정리가 된다.

다베이 준코. 1975년 5월 16일 세계 최초로 에베레스트에 오른 여성. 이후 1992년까지 7대륙 최고봉을 모두 올라 여성 최초 완등 기록도 세웠다. 자기 나라의 '첫 번째 다베이 준코'가 되려고 하는 여성 산악인들이 분명 있다. 나이 들어가며 히말라야의 고봉 등반은 접었지만 190여 나라의 최고봉에 오른다는 계획을 세웠고, 죽기 전까지 56개국 159개 산을 올랐다. 국외 활동으로는 에베레스트를 최초로 등정한 남자, 에드먼드 힐러리가 세운 국제기구 '히말라얀 어드벤처 트러스트' 일본 지부를 1990년에 설립했다. 히말라야 사람들의 삶과 환경 개선을 위해 네팔 산악지역에 사과나무를 심는 '애플 프로젝트'를 진행하며 노블레스 오블리주를 실천했다. 2012년부터는 일본 대지진의 피해를 입은 고교생들에게 용기와 희망을 주고자 '후지산에 오릅시다' 프로젝트를 하기도 했다. 우울과 허무에 빠진 젊은이들이 산속을 걸으며 치유가 되는 것을 보고 암 투병을 하면서도 죽는 그해까지 마지막 힘을 냈던 일이다.

다베이 준코를 알면 알수록 나와 공통점이 많다. 비교 불가한 큰 인물이지만 나름대로 나만의 방식으로 산을 추구했었기에 감히 드러내본다. 욕먹을 각오도 하면서.

준코는 결혼하고 20대에 첫 히말라야 원정을 갔다. 3살 딸아이를 두고 에베레스트를 갔다. 딸 하나 아들 하나의 엄마다. 시부모나 가족은 물론 남편의 외조 덕을 많이 봤다. 낮은 산으로 대상을 바꾸었지만 평생을 산과 함께했다. 만학도로서 61세에 산에서 인간이 배출하는 쓰레기가 환경에 미치는 영향을 계량화하는 연구로 규슈대학에서 석사학위를 받았다. 인생의 또 다른 히말라야를 끊임없이 추구했다는 사실에 동질감을 느낀다.

그런가 하면 160센티미터가 안 되는 조그만 키, 조용한 성격에 고산 등반을 할 것 같지 않은 이미지, 경쟁적으로 산을 오르지 않는다, 뒤처져 천천히 올라도 경쟁심이 불타오르지 않는다, 솔직히 겁도 많다. 여러모로 닮은 점을 찾아낼 때마다 반갑다.

여성, 나아가 기혼 여성의 입장에서 겪어야 했던 시대적인 환경도 비슷하다. 준코가 에베레스트를 갔던 70년대나 내가 히말라야를 갔던 90년대 우리나라 여성 입장에서 등반 환경은 비슷했다. 남자가 더 유리하다는 말로 함축하겠다. 결혼과 출산, 육아의 짐을 남자보다 더 무겁게 안고가야 하지만 직업과 가정과 아이들과 산을 다 지켜냈다.

1969년 준코는 남성 중심적인 산악계에서 오직 여성 멤버만으로 이뤄진 '여성등반클럽'을 만들었다. '여자들 스스로 해외 원정을'이라는 모토였다. 그리고 1975년 여성으로만 구성된 팀의 부대장이자, 등반대장으로서 에베레스트를 올랐다. 후원자금을 모으는 과정에서부터 여성에 대한 편견을 마주하며 절망했다. "여자들은 집에서 애나 키우라"같은 말들을 숱하게 들었다. 1958년 쇼와여대 영문과에 진학해 산악반에 들었을 때도 "여자와 함께 등산하기를 거부하는 남자도 있었고, 단지 남편감을 구하려고 등산을 하려는 것 아니냐는 의심을 받기도 했다"고 한다.

"여자들끼리 간다고 했을 때 90%는 불가능하다는 반응들이었다. 모두 이를 확신하는 분위기였다. 하지만 성공하고 돌아오니 온통 환영일색이었다. 마치 자기들이 모든 것을 지원해준 양 떠들었다."

준코가 에베레스트를 성공하여 다행이다. 이와 같은 한마디를 남길 수 있어서 내가 다 통쾌하다.

80년대 대학산악부를 통해 산에 입문한 나도 "여자가 어딜?" 이라는

다베이 준코

말을 듣고 분노해야 했다. 여자 회원이 거의 없어 남자 중심이었던 모 학교의 동기 녀석이 술자리에서 "여자가 어쩌구저쩌구~"라는 말을 생각 없이 뱉길래 면상에 소주 한 잔을 확 끼얹고 자리를 박차고 나온 적이 있다. 거리로 나서서 몇 분 동안 뒤통수가 서늘하긴 했다. 그놈이 따라 나와서 멱살이라도 잡을 것 같았다. 다행히 불상사는 일어나지 않았고, 50대 중년이 된 지금까지 젊은 날의 추억으로 웃으며 이야기할 수 있는 친구 사이로 지내고 있다.

모교 산악부에서 홍일점으로 아마다블람을 다녀오고는 선배들이 "이제 그만하면 됐다, 산에는 그만 나오고 남편 뒷바라지 잘하고 애들 잘 키워야지"라고 하는 말을 듣고는 정말 서운했다. 고작 20대, 당시에 귀한 고산 등반계의 새싹이었는데 말이다. "여자이지만, 아줌마이지만 구박 안하고 동등하게 같이 산에 다닐 수 있는 팀 어디 없나?" 그런 팀으로 옮기고픈 마음이 굴뚝 같았다. 오죽하면 그랬겠나.

"기술과 능력만으로는 정상에 오를 수 없습니다. 가장 중요한 것은 의지입니다. 그것은 살 수도 없고, 외부에서 주어지지도 않습니다. 오로지 자신의 심장에서만 우러나옵니다. 그 의지만 있다면 불가능은 없습니다."

다베이 준코의 말에도 드러나지만 그녀는 에베레스트에서 눈사태를 당하고 부상을 당한 몸으로도 포기를 안 하고 초인적인 의지로 올랐다. 인생의 산도 마찬가지다. 내 경험으로 보니 체력보다는 의지가 중요하다. 나와의 공통점 하나 추가다.

준코의 남편 외조도 대단하다. 시어머니도 한몫했다. 그 덕분에 산을 꾸준히 오를 수 있었다. 그녀는 자녀들이 모두 성장한 50대에 들어 시작한 일이 많다. 세계 각국의 고봉 오르기도 그렇고, 공부도 그렇다. 52세에 피어싱을 하고, 54세 자동차 운전 면허를 땄다. 61세에 석사학위를 받고 64세에 샹송을 시작했다. 65세에는 예전에 치던 피아노를 다시 배워 66세에 첫 샹송 콘서트를 연다.

나의 길이,

나의 산이,

나의 심장이 그녀만 같아라!

세기의 여성들,
고산 등반가

알프스 최고봉 몽블랑을 여성이 최초로 오른 것이 1808년이다. 여성은 치마를 입어야 하는 시대여서 사진 속 마리 파라디스는 치마를 입고 있다. 복장의 핸디캡까지 발목을 붙잡았을 터이고, 그런 시대에 얼마나 억척을 떨어야했을지 짐작이 된다. 또 몽블랑 여성 초등을 했지만 축하와 인정 대신 스캔들과 조롱거리가 되었다니 사회적 편견이 산보다 더 높았을 터이다. 1910년대 알프스에서 암벽 등반으로 이름 좀 날리던 젊은이였던 오스트리아 파울 프로이스(Paul Preuss, 1886~1913)는 '여자는 알피니즘의 재앙'이라고 했다. 그러나 100년이 지난 지금 세 명의 여성 산악인이 14개 고봉을 완등했다.

라인홀트 메스너가 낸 책 『정상에서, 편견과 한계를 넘어 정상에 선 여성 산악인들』(라인홀트 메스너 지음, 선근혜 옮김, 문학세계사)에서 여성 산악사와 산악인들을 자세히 다루었다. 그 당시 한국 여성 고미영과 오은선이 각축전을 벌이는 중 낭가파르바트에서 고미영이 사망하는 사건을 접하고 이 책을 기획했다고 알려져 있다. 메스너는 최고의 기록을 위한 여성 산악인의 등반 역사를 주제로 삼아 여성들의 14좌 완등 기록으로 마무리하고 있다.

최고봉 에베레스트에 오른 최초의 여성은 1975년, 일본의 다베이 준코다. 그녀는 내처 세계 최초 여성 7대륙 최고봉의 기록까지 달성했다. 일본 여성이 우리나라 사람보다 먼저 에베레스트를 올랐다는 사실은 우리나라 남성들의 에베레스트 성공에 동기부여가 되었다는 야사가 전해온다. 더군다나 1975년 일본여성원정대가 이뤄낸 일이다. 8,000미터급 봉우리를 처음 오른 여성 산악인은 1970년에 일본 여성 마나슬루원정대였다. 일본의 여성 등반사는 세계사에서 뒤지지 않는다. 훗날 고난이도 등반을 해내 황금피켈상을 여성 처음으로 받은 이도 일본의 다니구치 케이다.

그리고 다베이 준코보다 11일 뒤에 에베레스트를 중국 쪽에서 판통 (중국팀)이 등정해 두 번째 여성 등정자가 나왔다. 21세기에서는 14좌를 다 오르는 일에 뛰어들어 서양 여성보다 먼저 마친 한국의 오은선도 있다. 칸첸중가 등정이 논란으로 남아 있지만 한중일 아시아 여성들이 큰일을 해냈나는 것은 고무적이다.

다베이 준코 이후 더 '센' 그녀들이 많이 나왔는데, 폴란드의 반다 루트키에비치, 영국의 앨리슨 하그리브스, 스페인의 에두르네 파사반, 오스트리아의 겔린데 칼텐브루너, 이탈리아의 니베스 메로이 등이 있다.

반다 루트키에비치(Wanda Rutkiewicz 1943~1992)는 1978년 에베레스트 정상에 섰는데 여성 세 번째 기록이었고, 유럽 여성으로서 첫 번째였다.

어렵기로 이름 난 2위봉 K2를 올라간 최초의 여성이기도 하다. 1982년, 1984년 두 번의 실패 끝에 1986년 성공한 것이다. 안타깝게 1992년 자신의 아홉 번째 8,000미터 등반인 칸첸중가를 오르던 중 눈사태로 사망하였지만, 반다는 '폴란드가 낳은 철의 여인' 이라는 별명처럼 지금까지 제일 강한 여성 산악인으로 정평이 나 있다. 폴란드 산악인들은 히말라야의 절대강자로서 혹독하고 어려운 등반을 해낸 걸로 특별하다. 14좌를 동계 등반으로 초등한 역사 중 8좌를 폴란드 산악인들이 해냈다. 예지 쿠쿠츠카, 크리스토프 비엘리키, 보이테크 쿠르티카, 안드레 자바다 등 '넘사벽'의 인물들이 수두룩한데 반다도 그런 토양에서 더 단단해졌던 것 같다.

여성 등반대를 이끌고 낭가파르바트, 시샤팡마, 가셔브룸3봉, 아이거 북벽, 마터호른 북벽 등에 성공한 일, 에베레스트 등반대의 부대장이었으나 남자 대원들이 같은 팀이 되기를 거부하자 단독으로 등정한 일화, 1982년 K2에 도전할 때는 전년도에 입은 발목골절상이 낫지도 않았는데 목발을 짚고 150킬로미터의 험난한 길을 걸어 베이스캠프까지 혼자서 사투를 벌인 처절한 이야기가 전해진다. 세계에서 가장 길다는 발토르 빙하를 목발이 몇 개나 망가지도록 자기 발로 걸으며 투지를 보인 것도 독종이지만 그 몸으로 끝까지 K2 등반을 고집한 그 독기가 어디서 기인했는지 이해가 간다. 태생이 그러하기도 했겠지만 성장 과정에서 성차별을 겪으며 더 독해졌다.

"강사들은 내가 여자라고 겁만 주기 일쑤였죠. 끔찍한 등반 사고 장면을 찍은 사진을 보여주면서 여자가 도전하기에는 너무 터프한 분야라고 말하곤 했죠. 나는 그때 마음속으로 외쳤어요. 여자인 내가 너희들보다 훨씬 더 잘 할 수 있다는 걸 보여주지!"

"다시 태어나도 등산가가 되겠다" 했던 그녀, 남성들을 압도하고, 등반 열정이 광적일 정도였던 그녀가 여자도 14좌를 할 수 있다는 것을 다 보여주지 못한 채 먼저 간 것에 연민이 인다. "나는 산에서 죽고 싶지 않다"고 했지만 "대부분의 친구들이 나를 기다리며 산에 누워 있기 때문에 산에서 죽는 것도 나쁘지는 않을 것"이라 했던 20세기 최고의 여성 고산 등반가는 그렇게 히말라야가 되었다.

앨리슨 하그리브스는 1995년에 에베레스트를 셰르파와 산소를 쓰지 않고 단독으로 오른 첫 여성이다. 산소를 사용하는 것과 산소 없이 등반하는 것은 큰 차이가 나기 때문에 무산소 등정을 더 가치 있게 인정해준다. 그녀는 반다처럼 두 번째 도전 과제로 K2를 택해 그해 여름 무산소 등반을 시도했지만 등정 후 하산 중 실종되었다. 이 책의 부전자전 부분에서 앨리슨의 이야기는 다루었다.

2000년대에는 여성 14좌 완등을 놓고 오스트리아의 겔린데 칼텐부르너, 스페인의 에두르네 파사반, 이탈리아의 니베스 메로이, 오은선과 고미영이 경쟁을 벌이기도 했지만 2020년 현재 공식적인 완등자는 셋이다.

첫 번째, 에두르네 파사반(Edurne Pasaban Lizarribar, 1973~)은 2010년 완등을 했다. 오은선보다 한 달 늦게 14좌를 오르고서 오은선의 칸첸중가 등정에 시비를 걸었다. 당연히 세계 최초 타이틀이 그녀의 인생에 어떤 득을 가져다줄지 모르기 때문에 욕심 내는 것이 당연하다. 결론적으로 파사반이 세계 최초로 되어 있다. 그녀는 스페인에서 재단을 만들어 강연과 히말라야를 돕는 일을 하고 있다.

두 번째, 겔린데 칼텐부르너(Gerlinde Kaltenbrunner, 1970~)는 에두르네 파사반보다는 늦어 2011년 두 번째 여성이 되었지만 '무' 산소, '무' 셰르파 부문으로는 첫 기록이라 진정한 강자로 인정할 수 있다.

세 번째, 니베스 메로이(Nives Meroi 1961~)도 2017년 14좌를 완등했으나 남편 로마노 베넷과 14개를 같이 올랐다는 점이 특징이다. 세계 최초의 부부 동시 14좌 완등 산악인으로 이름을 올렸다. 이들도 14좌 모두를 '무' 산소, '무' 셰르파로 올랐기에 대단하다. 특히 메로이는 여성들의 14좌 초등 경쟁에서 2009년에 선두 그룹에 있었고 단 3개만을 남겨놓은 상황에서 세계 최초가 될 수도 있었는데, 남편과 동료가 부상을 입자 혼자서 오르는 것이 무슨 의미가 있겠냐며 잠시 멈췄었다.

다베이 준코가 1995년에 에베레스트 여성 등정자들의 모임(Everest Women's Summit)을 개최하며 32명의 등정자에게 설문지를 돌렸다. 21명로부터 답을 받은 결과, 정도의 차이는 있지만 대부분의 여성들이 에베레스트의 정상에 섰던 경험이 자신의 삶에 큰 영향을 미쳤다고 답했다. 어떤 이들은 유명인사가 되어 일자리 제의, 재정적 지원 등의 사회적 혜택을 누리게 되었고, 어떤 이들은 등산 활동에 더 큰 자신감을 얻어 더 큰 포부를 꿈꿀 수 있게 되었다고 했다. 극소수만이 자신의 삶이 달라지지 않았다고 답했다.

남자들도 에베레스트 하나 오르고서 평생을 울궈 먹고 살기도 한다. 에베레스트를 오른 이후의 삶은 개인 의지와 다르게 굴곡될 수밖에 없을 것이지만 긍정적으로 작용할 것임이 틀림없다. 노블레스 오블리주를 실천하는 것은 기본이요, 인생 사이클에 맞춰 인생의 또 다른 에베레스트를 넘으며 선한 영향력을 전파할 것이라 믿는다.

대부분의 스포츠 세계가 그러하듯 등반계에도 남성들의 빛나는 성취로 역사를 시작한다. 여성들은 부단히 따라잡고 있다. 히말라얀 데이터베이스를 보면 2020년 봄 기준 에베레스트 등정자는 남성 5,154명, 여성은 636명이다. 비율로 보면 여성은 12% 수준인데, 이란, 파키스탄 등 이슬람권 나라에서도 여성 에베레스트 등정자가 많이 나오고 있어 세상이 바뀌고 있기는 하다.

하지만 지금까지 여성 등반사를 들여다보면 성차별이라는 하나의 산을 더 넘어서야 하기 때문에 차라리 여자들끼리의 팀을 택한 것이 어제오늘의 일이 아니고 서양이나 동양이나 매한가지 현상이다. 미래 세대에는 이런 차별이나 편견 없는 세상에서 독한 페미니스트가 되지 않고서도 등반가로 성장할 수 있게 되기를 희망한다.

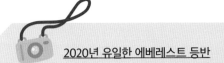

2020년 유일한 에베레스트 등반

코로나 팬데믹으로 히말라야 등반도 발이 묶여 있던 2020년 5월, 유일하게 10명이 에베레스트에 올랐다. 모두 중국 단일팀이고 여성도 4명이 포함됐다. 중국에서 대대적인 팀을 만들어 중국 쪽 북동릉으로 오른 것이다. 코로나 팬데믹으로 전 세계 등반가들이 이동이 어려울 때 중국에서 에베레스트를 독식한 셈이다.

2020년은 중국인이 에베레스트를 처음 오른 지 60주년이라고 한다. 1960년 3명이 등정했다. 이번 원정대는 에베레스트의 높이를 재측량할 목적으로 정상부에 GPS 장치를 설치했다. 공식 높이는 1950년대 인도가 측정한 8,848미터이고 중국은 2005년에 쌓인 눈의 높이를 제외하고 8,844미터로 주장했다. 네팔 대지진, 바람 등으로 높이가 바뀌었을 가능성을 말해왔다. 2019년 10월 시진핑(習近平) 중국 국가주석이 네팔 국빈 방문 때 양국은 에베레스트 산의 높이를 함께 발표하겠다는 공동성명을 발표했다.

중국의 2020년 에베레스트 높이 측량은 대외적으로 중국의 국력을 과시하고 대내적인 단결을 도모하려는 시도라고 해석한다. 중국 정부는 이번 측량에 '중국판 GPS(위성항법 시스템)'로 불리는 베이더우(北斗)를 활용했다고 밝혔다. 에베레스트 높이 재측량을 계기로 중국의 독자적인 우주 기술을 대내외적으로 과시하겠다는 것이다.

한국의
여성 산악인

　우리나라 여성 산악인들의 이야기를 빠뜨릴 수 없다. 한정된 지면에 짧게 소개하기에는 미안한 마음이다. 누군가 여성 산악인들의 이야기를 자세히 조사해 책으로 내주기를 바라며 여기서는 간략하게 소개한다.

　한국 여성 최초의 히말라야 원정은 1982년에 람중히말(6,983m)에 도전한 선경그룹(SK) 선경여자산악회이다. 정길순 대장, 기형희 부대장, 윤현옥, 이원행, 소유미 대원 중에 기형희 부대장이 먼저 올랐고 다음날 윤현옥 대원이 올랐다. 당시 26살 기형희 대원이 첫 여성 히말라야 등정사인 것이다.

　1978년에 기형희가 한국등산학교를 졸업하고 선경여자산악회를 만들었다. 전 회원이 등산학교를 졸업하고 암벽 등반 위주로 활동하는 여성 팀이 독보적이었을 터이니 한국등산학교에서 히말라야 원정을 권했다고 한다. 여성 첫 히말라야 원정이 그들의 운명이었던 것이다.

한국 첫 히말라야 등정자 기형희(가운데)

8,000미터 고봉은 아니지만 82년도에 여성들만의 히말라야 원정은 꽤나 어려운 일이었을 것이다. 여권 받는 것도 어려웠던 시대였다. 정보도 없던 터라 1981년에 정길순 대장과 기형희 부대장이 정찰을 가는데, 두 사람 다 사표를 내고 갔다고 한다. 히말라야를 가면 죽으러 가는 줄로 알던 시절이라 부모님은 죽어라 반대하고 회사에서 허락을 받기도 어려워서 했던 어쩔 수 없는 선택이었지만, 돌아와서는 복직이 되었다. 무엇보다 한국 여성 최초의 히말라야 원정을 성공으로 이끈 배경에는 현 SK그룹의 전신인 선경그룹 최종현 회장의 원정 경비 지원 등 물심양면의 도움이 컸던 것으로 보인다.

비교를 위해 한국 남성 등반 역사를 예로 들어보면 1971년 로체샤르 (8,400m) 원정에서 최수남 대원이 처음으로 8,000미터에 올라섰고, 1977년 고상돈 대원이 에베레스트에 올랐다. 1980년대 들어 다른 8,000미터급 봉우리에 대한 한국 팀의 초등이 시작되었다.

1984년에는 안나푸르나(8,091m)에 31세의 김영자 대원이 여성으로서는 세계 최초로 동계 초등으로 올랐으나 후에 등정 시비에 휘말렸다. 성공을 못 했어도 거기까지도 큰일을 해낸 것이었고 등반을 계속했으면 좋았을 텐데 아쉬움이 남는다.

1986년 남난희(당시 29세)와 정영희(당시 26세)가 네팔 히말라야의 강가푸르나(7,455m)에 올랐다. 남난희는 우리나라 1세대 여성 산악인을 대표하는 역사적 인물이다. 1984년 겨울 76일 동안 태백산맥을 혼자 종주했다. 당시에는 백두대간 개념이 알려지지 않았고 겨울철 종주하는 사람도 거의 없었던 시절이다. 고산은 아니지만 76일 간 단독 종주라는 것이 히말라야 봉우리 오르는 것보다 훨씬 더 어려운 도전이라고 생각한다. 그녀의 종주기는 『하얀 능선에 서면』이라는 책으로 나왔다.

1988년은 한국 매킨리(6,194m) 여성원정대가 외부의 지원이나 남성들의 도움 없이 여성들만의 힘으로 성공했다. 이 등반에 자극받아 '여자들도 오른' 이 봉우리에 수많은 대한민국 남아들이 출사표를 던졌다는 뒷담화가 있다. 조희덕 대장, 김은숙, 지현옥, 이연희, 배경미가 주인공이었다. 지현옥, 김은숙, 이연희 셋이 등정했다.

1991년은 지현옥이 무즈타그아타(7,546m)를, 이현옥이 레닌봉(7,134m)을 성공했고, 박경이가 겨울 시즌에 아마다블람을 올랐다. 미봉으로 손꼽혀 오르고자 하는 사람이 많은 봉우리인데, 이 봉우리 한국 여성 초등이자 한국 여성 최초 히말라야 동계 등정이라는 기록으로 남게 되었다.

1993년은 역사적인 해이다. 에베레스트 초등 50주년을 맞아 전 세계에서 에베레스트 등반대가 몰렸는데 한국에서 세 팀이 도전했고, 그중 한국 여성 셋도 등정자 반열에 올랐다. 대한산악연맹 여성원정대는 전국에서 지원한 여성 산악인 50여 명 중 선발된 14명으로 구성됐다. 지현옥 대장과, 최오순, 김순주 대원이 그 역사적인 인물이 되었다.

지현옥 대장은 1991년 무즈타그아타(7,546m), 1993년 여성 최초 에베레스트 등정, 1997년 파키스탄의 가셔브룸1봉(8,068m), 1998년 가셔브룸2봉(8,035m)에 올랐다. 1999년 4월 안나푸르나(8,091m)를 오르고는 내려오다 실족사하였다.

지현옥은 당시 한국 여성으로서는 가장 많은 8,000미터 봉을 올랐고 독보적인 존재였다. 그러다보니 말하기 좋아하는 일부 남성 산악인들에게 오해도 받고 상처도 받았다. 나는 1997년 가셔브룸 원정대에서 다른 팀의 일원으로 지현옥 대장을 만났다. 같은 팀으로 등반을 해보지 않았기에 들리는 이야기에 의존해 지현옥 대장에 대한 오해와 선입견을 가지고 있었다. 베이스캠프에서 그녀와 긴 시간 이야기를 나누며 편견들이 많이 깨졌고, 스스로를 얼마나 반성했는지 모른다.

거의 남자들의 독무대였던 고산 등반 분야에서 여성으로서 족적을 남긴다는 것이 얼마나 힘든지 동병상련을 느꼈다. 자기의 체력적 한계를 알기에 자기만의 방식으로 오르는 것에 당당한 논리를 정립해가고 있던 그녀를 많이 이해하게 되었다. 그렇다. 남에게 피해를 주는 일이 아니라면, 자기만의 방식으로 오르는 것이 비난받을 일은 아니다. 셰르파 등 외부의 도움을 얼마나 받는지, 고정로프, 산소 같은 물자를 얼마나 동원할지 등등에 정해진 규칙이나 표준은 없는 것이다.

하늘과 맞닿은 8,000미터 산을 하나씩 넘으며, 여성 산악인으로서 최초로 길을 여는 것이요, 남성들의 몰이해와 편견의 벽도 넘어야 하는 외로운 선구자였다. 어느 분야건 자기만의 속도를 찾아야하는데 남자들 틈에서 참 힘들었을 것이다.

그대여! 잘했습니다. 감사합니다. 편히 쉬소서!

1994년에는 한명희가 사토판스(7,075m)에 올랐다. 1997년에는 박경이와 오은선이 가셔브룸2봉에 올랐다. 이 셋은 대학산악부 동기로서 스무살에 만나 오십대가 된 지금까지 각자의 분야에서 각자의 산을 오르고 있다.

오은선은 또 하나의 역사이다. 1997년 가셔브룸2봉 등정 이후 에베레스트(2004), 시샤팡마(2006), 초오유(2007), K2(2007), 마칼루(2008), 로체(2008), 브로드피크(2008), 마나슬루(2008), 칸첸중가(2009), 다울라기리(2009), 낭가파르바트(2009), 가셔브룸1봉(2009), 안나푸르나(2010)를 올라 세계 여성 최초로 14좌를 다 올랐다. 그러나 2009년의 칸첸중가에 등정 시비가 일어 공식적으로는 '논란 중(Disputed)'이라는 단서가 붙어 있다. 오은선 대장은 세계 7대륙 최고봉도 한국 여성 최초로 다 올랐다.

또 한 명의 여성은 고미영이다. 2006년 초오유를 오른 이후 8,000미터 고봉 등정에 나섰다. 그렇지만 그녀는 종목이 완전히 다른 스포츠클라이머였다. 1994년부터 스포츠 클라이밍 국내 최강자였다. 국내 대회 9연패, 아시아 대회 6회 우승만으로도 역사에 남을 선수였다. 스포츠 클라이밍을 하다 고산 등반 분야로 종목을 변경하는 것은 육상 단거리 선수가 장거리로 옮기는 정도가 아닌 탁구 선수가 축구 선수로 종목을 넘어오는 정도의 대 전환이다. 그렇지만 그녀는 고산 등반으로 전환한 지 2년 만에 에베레스트를 올랐으니 저력이 어마어마한 것이다. 8,000

미터 14좌 완등을 목표로 뛰어난 등반을 펼치다 열한 번째 봉우리인 낭가파르바트를 성공하고 하산 길에 추락사하여 국내 산악계를 충격에 빠뜨렸다.

지현옥과 고미영은 고산 등반가의 길을 택해 여성 산악사의 많은 페이지를 남기고 하늘의 별이 됐지만 크나큰 비극이었다. 산의 품에 안겨 생을 마감하는 것이 그들의 운명이었을지 몰라도 평범한 나에게는 너무 슬픈 일일 뿐이다.

그 외에도 김영미, 송귀화, 곽정혜, 전푸르나 등이 에베레스트를 등정했다. 송귀화는 59세에 에베레스트에 올라 여성 최고령 등정 기록을 가지고 있다. 최근에는 2017년 마나슬루를 오른 유희원이 있다.

고산 등반 외의 분야에서 자랑하고 싶은 여성 산악인들도 많다. 그러나 나의 집필 의도는 고산 등반 분야를 소개하는 것이기에 훌륭한 여성 산악인의 이야기는 다른 기회로 미룬다. 가능한 빠뜨리지 않고 여성 산악인들의 고산 등반 이야기를 다루고자 했으나 빠진 이름이 있다면 서운해 하지 마시기 바란다. 빠진 퍼즐 조각을 찾고 맞추어 가는 일이 한 사람의 힘으로, 또 단 한 번의 작업으로 안 되는 일이기 때문이다.

네팔의 여전사

누구나 무료로 열람할 수 있는 히말라얀 데이터베이스[1]에 따르면 1953~2020년 봄 기준 에베레스트 등정자는 남성 5,154명, 여성 636명이다. 여성의 숫자도 꽤 되는데 1975년에 일본의 다베이 준코가 에베레스트에 여성 최초로 오른 이후 주로 힘 있는 나라들의 여성에게 해당되는 세계였다. 높은 비용은 물론이고 자국에서 전문 산악인으로 성장하기까지 여성 한 사람이 넘어서기에는 높은 벽들이 존재하기 때문이다. 그 사회 구성원들의 양성평등 인식부터 뒷받침되어야 하는 것이 가장 중요한 조건인 것 같다.

네팔에서 여성의 지위는 비교적 낮은 편에 속한다. 나는 1991년 아마다블람 원정 때 네팔 산골마을 여성들을 보고 '네팔에 태어나지 않은 것'에 얼마나 감사했는지 모른다. 삶은 감자 몇 알 챙겨 나가서 하루 종

---

1 http://www.himalayandatabase.com/

일 고된 밭일을 하고 얼음같이 찬물에 맨손 빨래를 하는 그녀들의 삶이 참 고단해 보였다.

원정이 끝나고 하산 길에 한 로지에서 돈을 내고 거의 2주 만에 '핫샤워'를 하게 됐다. 뜨거운 물이 흘러나오자 샤워장 밖이 시끌벅적하여 무슨 일인가 했더니 따뜻한 하수가 흘러나가는 밖에서 동네 여인들이 그 물을 허투루 흘려보내지 않으려고 빨래를 비비느라 북새통이었다. 온수 1통 요금을 내면 주인은 물을 끓여 집 안에 있는 통에 부어주고, 그 물은 파이프를 따라 멀리 떨어진 샤워실로 흘러서 낙차를 이용해 정해진 물만큼 나오고 마는 식이었다. 높은 곳에서 물을 부어주면 잠금 꼭지도 없이 그대로 머리 위 고정된 샤워꼭지에서 쏟아져버리니 언제 물이 끊길지 몰라 초고속으로 허둥대며 씻어야 해서 우스꽝스럽기도 했지만 그래도 산중에서 호강이었다. 나는 비눗기도 다 가시기 전에 물이 끊기면 어쩌나 불안해서 허둥댔지만, 밖에서 빨래를 하는 여인들은 더 조급했던 것 같다. 누이 좋고 매부 좋은 격도 아니고 예상치도 못한 상황에 무척 난처했던 기억이 있다.

그런데 최근 들어 매우 고무적이고 격세지감을 느끼게 하는 뉴스를 접했다. 네팔 여성 산악인들이 8,000미터 정상에 당당히 서 있는 사진이다. 전문 등반을 하는 네팔 여성이 나타난 것은 참으로 반갑고 흐뭇한 일이다. 내가 히말라야 등반을 갔던 90년대에는 여자 포터가 있기는 했지만 매우 드물고 베이스캠프까지만 가는 저소 포터였다. 그 이상 올라가는 것은 등반 기술이 필요하고 체력적으로도 더 전문가 영역에 해당되는 일이다. 더군다나 8,000미터 등반은 비용도 많이 든다.

네팔 여성들도 에베레스트를 오르고 14좌에도 도전하고 세계적인 산

네팔 여성 최초로 에베레스트 정상에 오른 파상 라무 셰르파. 국민적 영웅인 그녀를 기리는 기념우표가 지난 1994년 발행되었다.

악인 반열에 오르는 등 '센 언니'들이 나타나게 된 것은 한 사람의 공이 컸다. 파상 라무 셰르파(Pasang Lhamu Sherpa, 1961~1993)이다.

파상 라무는 1993년 네팔 여성 최초로 에베레스트에 올랐다. 당시 32세. 에베레스트에 도전한 지 네 번 만에 성공한 것이다. 그러나 살아 내려오지는 못했다. 하산 도중 컨디션이 좋지 못한 동료 셰르파를 돌보기 위해 함께 비박하다 같이 목숨을 잃었다. 그렇기에 더욱 높게 추앙받고 국민적 영웅이 되었다.

1993년은 에베레스트 등정 50주년이 되는 해였고 각국에서 다양한 이슈로 원정대를 꾸렸던 해였다. 우리나라도 최초의 여성원정대가 도전하여 3명의 여성 등정자가 탄생되었던 그때 네팔 여성도 올랐던 것이다.

파상 라무의 집안 남성들은 대부분 등반 가이드 일을 했는데, 네팔의 사회 분위기에서 집안 배경이 아무리 그러해도 여성에게 쉽게 가이드 일이 허락되지는 않았다. 15살에 쉬운 트레킹 가이드 일부터 시작했고, 1990년 프랑스 에베레스트 원정대에 동행할 수 있었다. 그녀도 정상에 오르고 싶었지만, 여성 셰르파에게 정상 등정 기회를 줄 리가 없었다. 이에 그녀는 다음 해 직접 네팔 최초로 여성 원정대를 꾸리고 대장을 맡았다. 그러나 악천후로 실패했고, 1992년에도 다시 실패하고 만다. 드디어 1993년 4월 22일, 파상 라무는 네팔 여성 최초로 에베레스트 정상에 섰다.

그녀는 세계 최고봉 정상에 올라 네팔 여성들에게 할 수 있다는 자신감을 심어주었다. 네팔 국왕은 파상 라무에게 네팔 여성 최초로 '네팔 타라[Tara, 별]' 칭호를 수여했다. 카트만두 공항 앞에는 네팔 국기를 들고 있는 그녀의 동상이 세워졌다. 그녀의 기념우표가 발행됐고, 기념관도 건립되었다. 고속도로, 쌀 품종 등에 그녀의 이름이 붙여졌고, 자삼바 히말(7,315m)이라는 봉우리는 '파상 라무'라고 명명되었다. 현재도 파상 라무를 추모하며, 그녀의 업적을 기리기 위한 활동은 이어지고 있다.

다음은 락파 셰르파(Lhakpa Sherpa, 1974~).

여성이 등반을 펼치기에 불리한 사회 환경 속에서도 그녀는 무려 아홉 번이나 에베레스트에 올랐다. 락파는 2000년, 2001년, 2003년, 2004년, 2005년, 2006년, 2016년, 2017년, 2018년에 에베레스트를 등정했다. 2003년 등정 이후로는 매번 세계 여성 최다 신기록을 갱신한 등반이었다.

2003년에는 여동생 밍 키파와 남동생 밍마 겔루 셋이 함께 정상에 서서 삼남매가 함께 정상에 선 최초의 기록을 수립했다. 밍 키파는 당시 15살로서 최연소 여성 등정자로 기록되었다. 최연소 여성 등정 기록은 2010년, 미국의 13살짜리 조르단 로메로(Jordan Romero, 1996~)라는 소녀가 다시 썼다.

락파의 원래 꿈은 의사와 비행기 조종사였다고 한다. 네팔 히말라야 마칼루 지역의 높은 산간 마을, 11남매 집안에서 태어난 그녀는 가정 형

2017년 칸첸중가에 오른 마야 셰르파, 다와 양줌 셰르파, 파상 라무 셰르파 아키타(오른쪽부터)

편 상 학교에 다닐 수 없었다. 대신 셰르파로 일하고 있던 아버지와 히말라야 산을 바라보며 등반에 대한 꿈을 키웠다고 한다.

형제자매 중에 유달리 키가 컸던 락파는 15세가 되자 아버지를 따라 본격적으로 셰르파 일을 시작했다. 그녀의 어머니는 "너는 여자이므로 집에 있어야 하고 결혼해야 한다"고 반대했다. 그러나 고집을 부려가며 아버지를 따라나섰다. 아버지는 어린 락파에게 원정대의 키친 보조 정도를 권했지만, 그녀는 남자들과 같이 20kg 짐을 지면서 당당히 셰르파로서 인정받을 수 있었다고 한다.

락파는 이후 트레킹피크인 메라피크(6,476m)와 얄라피크(5,520m)에서 주로 활동하며 고산 등반의 역량과 꿈을 키웠다. 1990년대 말, 락파는 네팔 여성 셰르파로만 구성된 에베레스트 원정대를 만들기 위해 정부와 기업을 설득했다. 그러나 1993년 네팔 여성 최초의 에베레스트 등정자 파상 라무 셰르파가 사망한 뒤로 여성 셰르파의 활동이 위축된 상황이었다.

그녀의 노력 덕에 2000년, 네팔 여성 5명으로 원정대가 결성됐고, 5월 18일 에베레스트 정상에 올랐다. 락파는 살아 내려온 최초의 네팔 여성이 됐다.

한편 2014년 K2 초등정 60주년이 되는 해에 네팔 여성등반대가 구성됐다. 3명이 정상에 올랐는데, 마야 셰르파, 파상 라무 셰르파 아키타, 다와 앙줌 셰르파는 네팔 최초로 K2에 오른 여성이 됐다.

마야 셰르파는 지금까지 8,000미터 14좌 5개를 올랐고 완등에 도전 중이다. 에베레스트에는 2006년, 2008년과 2016년 세 번 올랐다. 2017년에는 한국의 김미곤 대장과 낭가파르바트를 함께 등반하기도 했다. 그리고 그녀는 여성 최초로 네팔등산협회(Nepal Mountaineering Association) 부회장이 됐다.

파상 라무 셰르파 아키타(Pasang lhamu Sherpa Akita 1984~)는 2007년에 에베레스트를 올랐다. 네팔에서 등산 강사 자격을 획득하고 그 어렵다는 프랑스 국립스키등산학교(École Nationale Du Ski Et De L'alpinisme)의 가이드 자격도 받은 그녀는 네팔과 미국에서 등산 가이드 일을 하고 있다.

떠오르는 별 1990년생 다와 앙줌 셰르파(Dawa Yangzum Sherpa)는 2012년에 에베레스트를, 2019년에 마칼루를 올랐다. 국제산악가이드협회IFMGA(International Federation of Mountain Guides Associations)에서 발급하는 국제산악가이드에 도전하여 5년 만에 자격을 따는 데 성공했다.

2015년 네팔 최초로 여성 대통령도 당선되었으니 네팔 여성들의 활약을 더 기대해볼 만하다. 높은 지대에서 태어나고 자라서 신체적으로는 유리한 조건을 더 갖추고 있으니 유리천정 따위는 가뿐히 깨부수고 하늘과 맞닿은 높은 곳에 우뚝 서기를 열렬히 응원한다. 멀리 떨어진 다른 세계의 여성들에게도 그 기운이 닿기를 바라며.

셰르파 이야기

셰르파는 짐꾼인가? 산악 가이드인가? 많은 사람들이 헷갈려한다. 맞기도 하고 아니기도 하다. 네팔 히말라야, 에베레스트의 남쪽 산자락 쿰부 지방에 사는 고산족의 이름이 이제는 고객들을 위해 짐을 나르고 고소에서 산악 가이드를 하는 이들의 대명사처럼 쓰인다. 셰르파(Sherpa)는 티베트어로 동쪽을 뜻하는 '샤르(Shar)'와 사람을 뜻하는 '파(Pa)'의 합성어로 '동쪽에서 온 사람'을 의미한다. 셰르파족의 조상은 16세기에 티베트에서 넘어왔고 티베트와 교역을 하며 높은 고개를 넘었다. 따라서 그들의 언어, 풍습, 종교 등이 티베트와 유사하다.

셰르파 청년들은 키친보이(취사 보조), 쿡(요리사), 포터(짐꾼) 등을 하다가 전문 등반을 익혀 산악 가이드를 하는 '셰르파'가 되기도 하고, 운 좋으면 바로 등반 셰르파가 되기도 한다. 이들의 리더는 '사다'라고 한다. 사다는 원정대와 계약해 포터들을 뽑고 중간 관리자가 되기도 한다. 사다 정도 되면 권력도 가지고 존경도 받는다. 보수가 높으니 돈을 많이 벌어 부자가 되기도 한다.

19세기 말 영국인들이 히말라야를 측량하고 탐험하면서부터 셰르파 족들이 포터 등으로 고용되었다. 영국인들이 에베레스트를 발견하고, 이름을 붙이고, 초등을 위해 계속 도전하는 동안 셰르파들이 두각을 나타냈다. 물품을 운반하고, 루트를 개척하고, 로프를 고정하고, 요리를 하고, 캠프를 설치하고, 등반가의 목숨도 구하고, 같이 조난당하여 죽기도 했다. 짐을 나르다 또는 눈사태를 만나 목숨을 잃는 일도 잦았다. 히 말라야의 고봉들에 각국의 원정대가 깃발을 꽂을 때 이들의 도움과 충성이 없었으면 등반 역사가 쓰이지 않았을 것이다.

물론 돈벌이 목적으로 왔겠지만 내가 겪은 바로는 그 이상의 헌신과 따뜻함을 보여주는 그들과 생활하면서 우정이 생기지 않을 수 없었다. 모든 경우가 다 그런 것은 아니고 때론 문제를 일으키거나 원정대 물품을 빼돌리기도 하는 등 부정적인 이미지를 주는 셰르파도 있다. 그러나 많은 이들이 셰르파들의 우직함, 쾌활함과 충성스러움에 감동을 받는다.

실제 등반 현장에서는 셰르파의 도움 덕에 산악인들이 목숨을 건지기도 한다. 에베레스트 정상에 선 후 하산 길에 마지막 캠프까지 돌아오지 못하고 탈진해 주저앉아 꺼져가는 한 생명이 있었다. 그 소식을 들은 셰르파가 늦도록 도착하지 않은 그 사람을 구하러 올라갔다. 감사하고도 놀랐던 것은 그 셰르파가 다른 팀 소속이었다는 것이다. 보통 마지막 캠프는 정상을 다녀온 후 지쳐 쓰러지는 곳이다. 죽음의 지대라는 8,000미터 고도에서 다시 중무장을 하고 위를 향해 그것도 깜깜한

밤에 위험천만한 길을 나선다는 것은 동료로서도 어려운 일이다. 그 셰르파가 아니었으면 내 지인은 아마 그 자리에서 일을 당하고 말았을 것이다. 그 순간 셰르파의 행동은 자신을 고용한 돈의 힘에 대한 의무로서 한 행동이 아니었다. 나는 그것이 숭고한 인간애의 발현이라고 생각한다.

셰르파들은 외국 원정대원들을 사히브(Sahib), 줄여서 사브(Sahb)라고 불렀다. 힌두어로 '보스'나 '주인'을 뜻하는 말이다. 원정대의 대장은 우두머리를 뜻하는 '바라'를 붙여 '바라 사브'라고 불렀는데, 우리말로 '사부(師傅)'로 들려 듣는 사람은 기분이 나쁘진 않다. 이제는 셰르파에 대한 존중과 인정의 의미로 '사브'라는 말 안 쓰기 캠페인도 한다고 한다.

나와 함께했던 셰르파의 이름으로 '니마', '다와', '앙 다와', '푸르바' 등이 기억난다. 독자들도 대부분 알겠지만 이 이름만으로는 '한양에서 김서방 찾기'보다 더 어려울 수 있다. 수천수만 명의 '니마'가 있을 수 있다. 네팔에서는 자기가 태어난 요일에 맞추어 이름을 짓는 경우가 많다. 월요일에 태어난 다와, 화요일에 밍마, 수요일에 락파, 목요일에 푸르바, 금요일에 파상, 토요일에 펨바, 일요일에 태어나면 니마가 된다. 그래서 같은 이름이 너무 많다. 그 외 요일과 관계없는 이름으로 현자(賢者)를 뜻하는 '장부', 보석을 뜻하는 '노르부', 매력을 뜻하는 '소남' 등이 흔하다.

히말라야 원정대는 보통 대원 수만큼 셰르파를 고용한다. 돈을 받고 모객한 사람을 정상에 올려주는 상업 등반대에서는 대원 한 명에 두 명의 셰르파가 앞뒤에서 가이드하기도 하니 대원보다 셰르파가 더 많은 팀도 있다. 네팔에서는 약 15,000명 정도가 등반과 트레킹 산업에서 일하고 있다고 한다. 그들 가운데는 호텔과 항공사를 운영해서 부자가 된 사람도 있다. 요즘에는 에베레스트까지 헬리콥터를 운영하는 회사들이 성업 중이기도 하다.

그렇지만 셰르파들의 활약은 등반 분야에서 특히 주목해야 할 것 같다. 외국 대원들의 보조에서 벗어나 자신들의 등반에서 높은 성과를 내고 기네스 기록을 써가는 셰르파들이 많다.

셰르파 카미 리타(Kami Rita, 1970~)는 2019년까지 에베레스트만 24번 올랐다. 몇 해는 한 시즌에 두 번 씩 오르기도 했다. 외국 원정대를 위해 고정로프를 깔러 오르고 가이드로서 다시 올랐다. 그의 동생도 에베레스트를 17번 올랐다. 2017년까지는 카미 외에도 아파 셰르파(Apa Sherpa)와 푸르바 타시(Phurba Tashi)가 21번 기록을 가지고 있었다. 카미가 2018년 48세에 22번째 올라 기록을 갱신했다. 25번까지만 오르고 은퇴한다는 것이 그의 계획이다.

밍마 곌제 셰르파(Mingmar Gyalje Sherpa, 1978~)는 네팔인 최초로 2011년 히말라야 8,000미터 14좌를 완등했다. 그는 세계 24번째. 14살부터 포터로 고산 등반을 시작했고, 2000년 이탈리아 마나슬루 팀과 첫 14좌에 올랐다. 그 후 그는 한국 팀의 한왕용 대장과 함께 마나슬루 등정에 성공하고 베이스캠프에서 겨우 이틀 쉬고 이탈리아 팀과 또다시 마나슬루 등정에 성공한다.

그는 한국 산악인들과도 여러 번 일을 했다. 한왕용 대장과 14좌 중 6개를 올랐고 다른 한국 팀과도 여러 봉우리를 올랐다. 2004년까지 14좌 중 9좌를 오른 후 독립적인 네팔인으로서 자기 돈으로 14좌를 오르겠다고 일본으로 건너가 자동차 공장 등에서 5년 간 일을 했다. 5년 간 번 돈으로 2009년 말 귀국해 2011년까지 5개 봉우리를 마저 올랐다.

더 탁월한 사실은 한 번의 실패 없이 도전마다 성공, 100퍼센트 성공률을 보여주었다는 점이다. 이런 사례는 전무후무하다. 그의 82년생 동생 다와(Chhang Dawa Sherpa)도 2013년 완등, 최연소 14좌 완등자가 되었다. 형제가 모두 14좌를 완등한 것은 세계 최초 기록이다.

이후 형제는 14좌 완등 타이틀을 배경으로 사업가로 변신해 고산 등반대행사 세븐 서미트 트렉스(Seven Summit Treks)를 운영한다. 현재 에베레스트에 가장 많은 원정대를 핸들링하고 한 시즌 에베레스트에 수십에서 백 명 이상의 등정자를 올리는가 하면, 트레킹 여행업까지 확장해 규모가 가장 큰 여행사로 키웠다. 헬리콥터 영업까지 한다니 사업가로도 눈부시게 성공했음이 틀림없다. 2020년 초 K2 동계 등반에 도전해 실패했지만, 결국 2021년 세계 최초로 K2 동계 등정에 성공했다.

이 외에도 유명한 셰르파들이 많은데 외국 원정대의 고용인이라서 그들의 업적이나 희생이 주목받지 못했는데 앞으로는 이들이 주도하는 등반 역사가 새로 쓰일 것 같다. 타고난 환경에 외국 원정팀들을 도우며 등정할 기회도 많고 역량은 폭풍 성장하기 때문이다.

한편 우리나라 원정대와 오랜 인연으로 아주 잘 알려진 셰르파들이 여럿 있다. 우리나라 원정대들과 오랜 기간 등반을 같이 해서 한국말도 곧잘 하고 한국에도 여러 번 오고간 그들 중 한 사람을 소개한다.

한국 산악인들에게 가장 잘 알려진 '앙 도르지 셰르파'이다. 카트만두 타멜 외곽에서 게스트하우스 겸 한국식당인 빌라 에베레스트(Villa Everest)를 운영한다. 1993년 박영석 대장이 인수한 빌라 에베레스트에서 일하다 이제는 사장님이다. 식당과 원정대 및 트레킹 대행사인 네코 트렉(Neco Treks)까지 운영하고 있으며 네팔에서는 한국통으로 저명인사가 되었다. 한국 팀의 도움으로 1990년 6개월 간 이화여대 어학당에서 한국어를 배워 한국어도 능통하다. 1984년 양정산악회 에베레스트 팀의 쿡으로 시작해 1986년 한국산악회 동계 에베레스트 원정, 1988년 경남연맹 눕체 원정, 1989년 동국산악회 랑시샤리 원정, 1991년 한국합동 에베레스트 남서벽 원정대 등의 쿡으로 일했으니 한국음식 요리사가 저절로 됐다.

나도 10여 년 전쯤 가족과 안나푸르나 트레킹을 갔을 때 환대를 받았다. 그는 2018년에 네팔 중요 산악인들과 한국을 방문했다. 나는 국립등산학교 초대 교장을 맡고 있었던 엄홍길 대장과 함께 그 일행이 속초에 왔을 때 앙 도르지와 반갑게 재회할 기회가 있었다. 한국원정대의 쿡에서 한국과 네팔을 잇는 민간 외교 사절로서 높아진 위상을 느낄 수 있었다. 앙 도르지가 그런 자리에 오를 수 있도록 한국에서 체류할 때 방을 내어주고 각별한 우정을 만들었던 고 박영석 대장이 이젠 함께할 수 없다는 사실이 말로는 드러내지 않았으나 서로의 아련한 아픔임을 눈빛으로 교감할 수 있었다.

세르파가 해냈다,
K2 동계 초등정!

그 어려운 걸 셰르파들이 해냈다. 셰르파족 9명을 포함한 10명의 네팔 등반가들이 최고로 험한 산이라고 알려진 겨울 K2 등정에 처음으로 성공했다. 2021년 1월 16일 오후 4시 58분!(현지시각) 정상에서 네팔 국가를 부르며 환호하는 모습이 영상으로 전세계에 퍼졌다. 1954년 초등이 되고 나서 겨울 시즌에는 어느 누구도 오르지 못했던 난공불락의 세계였다.

K2(8,611m)는 최고봉 에베레스트에 이어 2위봉이지만 더 위험하고 어렵다고 정평이 나 있다. 더 가파르고, 더 기술적이며, 사망률이 그 어느 산보다 높아서 '새비지 마운틴(The Savage Mountain)'이라는 별명을 얻었다. 영화 〈버티컬 리미트〉와 〈K2〉의 배경이기도 K2는 겨울에 영하 40도를 넘는 추위에 체감온도가 영하 60도에 달한다. 고소 캠프에 설치한 텐트며 장비를 다 날려버릴 만큼 강풍이 불어 등반을 어렵게 한다.

NIMSDAI PURJA

The Nepali climbers are the first to summit K2 during its dangerous winter season

최초로 K2 겨울 등정에 성공한 네팔 등반가들
〈출처 : https://www.bbc.com/news/world-asia-55684149 _ 사진 : 니르말 푸르자〉

　겨울에 히말라야 8,000미터를 오르는 일은 매우 힘든 일이다. 그렇지만 한 봉우리씩 차례대로 성공해낸 주역은 주로 겨울 등반에 강한 모습을 증명한 폴란드 등반가들이었다. 10개 봉우리의 동계 초등정도 폴란드에서 해치웠다. K2 동계 초등을 시도한 것도 1987년 폴란드팀이다.

　1987~1988 시즌에 폴란드 13명, 캐나다 7명, 영국 4명의 원정대가 7,300미터에 도달했고, 2003년 1월 폴란드 원정대가 7,650미터까지 올랐다. 2008년에는 1996년 에베레스트 대참사처럼 K2에서 11명이 사망했다. 한국인도 3명이 포함됐다. 2019년 겨울 두 팀이 도전했지만 모두 실패했다. 2021년 초등정의 주축이었던 밍마 겔제 셰르파는 2019~2020 시즌도 도전했었다. 당시 밍마와 같은 팀이었던 아이슬란드의 욘 스노리는 2021년에는 파키스탄 산악인과 팀을 이루어 재도전했으나 둘은 실종되고 말았다. 결국 그 어느 팀도 2003년 기록인 7,650미터 이상 오

르지 못했다. 우리나라 산악인 중에선 김미곤 대장이 K2 동계 초등을 준비했으나 2020년 코로나 상황으로 출국을 못한 채 국내에서 이 소식을 들어야 했다.

그동안 동서양의 등반가들을 고객으로 가이드하며 그들과 정상에 수없이 올랐어도 그들은 피고용인 신분일 뿐 세계 기록에 같이 노미네이트되지 않았다. 그렇지만 이번에는 네팔인들로만 결성해 K2 동계 초등정 역사를 쓰면서 자신들의 이름을 당당히 세계 기록에 올리며 국가적 자존심과 명예까지 챙겼다. 이들은 정상 10미터 전에 후미를 기다려 역사적인 순간에 하나로 뭉쳤다. 세상은 1등만 기억하는 법. 그들은 마지막 정상에 누구 한 사람을 1등으로 만들기보다 네팔 등반가 10명으로 기록되길 원한 것이다.

이 팀은 워낙 막강한 팀이다. 유명 인사이자 베테랑들이 많다. 스물두 번을 8000미터 정상에 선 밍마 겔제 셰르파와 최단기간에 14좌를 완등한 구르카 용병 출신 니르말 푸르자! 두 사람은 이번 등정으로 K2에 여름과 겨울 등정을 해낸 유일한(?) 단 두 명이 되었다. 그리고 니르말은 이번만은 무산소로 올랐다. 니르말은 14좌 최단기간 등정 기네스 기록을 세우는 동안 산소를 사용했다.

2021 동계 시즌 K2에는 4팀이 도전했다. 밍마 겔제 셰르파가 이끄는 3인의 셰르파팀, 니르말 푸르자 대장팀 6명, 네팔 최대의 원정 대행사인 세븐서미트트랙스의 모객 등반대 49명(셰르파 27명, 고객 22명), 3인의 작은 원정대(파키스탄의 무하마드 알리 사드파라와 아들 사지드 사드파라, 아이슬란드 산악인 욘 스노리)이다. 밍마 겔제 셰르파는 세븐서미트트랙스의 대표이지만 K2의 성공을 위해 따로 팀을 꾸렸고, 동생 창 다와 셰르파가 50여 명이

나 되는 다국적 모객 등반대를 이끌었다. 사업과 자신의 등반을 분리하는 전략으로 위험을 분산했다.

이 중에서 오로지 네팔 연합팀 10명만이 한 날 한 시에 등반해 성과를 거두었다. 그러나 아이슬란드의 욘 스노리와 파키스탄 무하마드 알리 사드파라, 칠레의 후안 파블로 모어는 실종되었으며, 스페인의 세르히 밍고테는 추락사했다. 실종된 사드파라는 동계 미등정으로 남아 있던 낭가파르바트를 성공한 사람이다. 마지막까지 동계 시즌에 인간을 허락하지 않았던 두 봉우리는 파키스탄 히말라야인 낭가파르바트와 K2였다. 파키스탄인의 명예를 걸고 낭가파르바트에 이어 K2마저 동계 초등정을 이루려던 꿈이 좌절된 것이다.

한편 난공불락의 대명사인 로체 남벽 코스는 아직도 등정되지 않은 채 남아 있다. 이마저도 세르파들이 성공하게 된다면? 인류 최초로 힐러리 경이 에베레스트를 오를 때 함께한 텐징 노르게이 이후로 그들의 땅에서 그들이 오롯이 주인공이 되는 날이 될 것이다. 금세기 최고의 등반 역사를 세르파들이 화려하게 마무리지으며!

에베레스트에서
스키를 탄다고?

　산악스키는 일본식 용어이고 해외에서는 스키 마운티니어링(Ski Moun-
taineering), 알파인 투어링 (Alpine Touring) 또는 스키 랑도네(Ski Randon-
nee)라고 한다. 산에서 내려온다고 산악스키가 아니라 장비 자체가 걸어
서 산을 올라가게 되어있다.

　스키를 신고 걸어 올라갈 수 있도록 바인딩에서 부츠 뒤꿈치가 떨어
지고, 부츠도 스키부츠와 등산화를 반쯤 섞은 모양과 기능을 가졌다.
미끄러지게 만든 것이 스키인데 설사면을 거슬러 걸어 올라가기는 힘들
다. 그 비밀은 플레이트 바닥에 뒤로 밀리지 않도록 특수한 섬유소재의
클라이밍스킨을 부착하는 것이다. 클라이밍스킨을 부착하면 털이 한
방향으로 심어져 있어 앞으로는 밀리지만 뒤로는 눈에 그립(Grip)이 되
어 밀리지 않는다. 웬만한 스키장의 슬로프 경사는 직등할 수 있다. 활
강할 때는 클라이밍스킨을 떼고 부츠 뒤꿈치를 바인딩에 결합하면 일

반 스키와 같아진다.

헬기를 타고 높은 산에 올라 일반 스키(Alpine Ski) 장비로 내려오기만 하는 행위는 산악스키라 하지 않는다. 그것은 슬로프를 벗어나 대자연에서 즐기는 익스트림 레벨의 활강을 하는 것일 뿐이다. 일반 스키를 알파인 스키(Alpine Ski)라 하기 때문에 이것이 산악스키인 줄 아는 사람들이 있으나 이 기회에 바로잡고 넘어가겠다. 산악스키는 장비가 다르고 리프트를 이용하지 않으며, 눈 덮인 고산을 스스로 걸어 오르고 활강하는 종목이다.

산악스키가 생기기 오래전, 겨울이 길고 눈이 많이 내리는 북유럽에서 이동 수단으로써 걷는 스키인 노르딕 스키가 활용되어왔다. 크로스컨트리 종목의 스키가 노르딕 스키이다. 완만한 오르막을 걷기에 적당하지만 가파른 사면을 회전을 하거나 제동을 걸기에는 스키부츠나 스키 플레이트가 맞지 않는다.

그래서 3,000미터 이상의 만년설이 있는 알프스 지방에서 등산을 위한 편리한 도구로 발전한 것이 산악스키이다. 1930년대에 리프트와 같은 편리한 시설이 생기고 나서부터는 활강만 하는 오늘날의 스키가 일반화됐다. 산악스키는 등반 수단으로 시작되었지만 지금은 월드컵과 세계 선수권 대회가 열리고 동계올림픽 종목 진입을 앞두고 있는 종목이기도 하다.

산악스키 국제심판이자 국내외 대회 수상 경력이 있는 나로서도 에베레스트에서 스키를 탄다는 건 감히 꿈도 꿔보지 못했다. 죽기를 각오해도 못 할 일이다. 체력도 안 되고, 스키 실력도 턱없이 부족하니 말이다. 산소 부족이나 탈진, 고소증에 두 발로 버틸 힘도 없는데 빠른 속도로 활강하며 회전을 한다는 것은 엄청난 체력과 기술을 요한다. 스키에 실려 미끄러져 내려오기만 하면 되니 쉽다고 생각하면 큰일날 소리다. 바위나 크레바스, 절벽 등 장애물을 피해 회전을 하고 점프를 하고 멈출 땐 확실히 멈춰야 살 수 있다. 매끈하게 정리된 슬로프가 아니기 때문에 발밑이 불확실투성이다. 울퉁불퉁은 기본이고 눈 아래에 크레바스가 있는지, 바위가 있는지, 어디서 낭떠러지를 만날지, 눈사태를 만날지, 위험이 도처에 있다. 이 정도 위험을 각오해야 산악스키어인 것이다. 우리나라는 산에 나무가 많아 산악스키를 즐길 만한 곳이 드물다. 나를 포함한 국내 산악스키어는 겨울철 적설기 울릉도 성인봉, 또는 한라산 장구목 일대 등에서 그 갈증을 해소하기도 한다.

제목처럼 에베레스트에서 스키를 탈 수 있을까? '스키의 신' 정도 되면 가능하지 않겠는가?

생각보다 세상에는 정말 미친(?) 사람들이 많다. 에베레스트에서 1970년에 스키 활강을 시도한 사람이 있다. 우리나라에서 최초로 에베레스트를 오른 것이 1977년이니 한참 앞서간 사람이다. 미우라 유이치로(Miura Yuichiro, 1932~)가 그 주인공인데 1970년에 에베레스트 사우스콜(8,000m)에서 6,500미터까지 시속 160킬로미터로 2분 20초 동안 활강했다. 이 사건은 다큐 영화 〈에베레스트를 스키로 내려온 사나이(The Man Who Skied Down Everest)〉로 만들어져 1975년에 아카데미상을 받기도 했다.

그 뒤 그는 6대륙 최고봉에서 스키 활강을 했는데, 더욱 놀라운 행보는 세계 최고령 에베레스트 등정 기록을 세 번이나 달성한 것이다. 2003년 5월 에베레스트를 올랐을 때 당시 70세로 세계 최고령 등정자가 되었는데, 2008년 75세에 또 에베레스트를 등정했고, 그 뒤 네팔

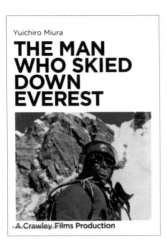

Yuichiro Miura
THE MAN
WHO SKIED
DOWN
EVEREST

A Crawley Films Production

미우라 유이치로는 1970년, 해발 8,000미터인 에베레스트 사우스콜에서 6,500미터까지 시속 160킬로미터로 불과 2분여 만에 내려왔다. 이 사건은 다큐 영화로 만들어져 1975년에 아카데미상을 받기도 했다.

의 민 바하두르 셰르찬(Min Bahadur Sherchan, 1931~2017)이 76세에 올라 기네스 기록을 갱신하자 2013년 80세에 다시 등정, 2020년 기준 세계 최고령 등정자로 기록됐다. 주제에서 벗어난 이야기지만 민 바하두르 셰르찬은 미우라의 기록을 깨기 위해 2017년 에베레스트에 도전했다가 베이스캠프에서 건강 악화로 사망했다.

미우라의 집안은 3대가 산악인이자 산악스키어인데 그의 부친 미우라 게이조(2006년 101세로 타계)는 99세에 몽블랑에서 스키 활강을 했고, 알파인 스키 선수인 그의 아들도 미우라와 에베레스트를 같이 올랐다. 미우라의 교육법이 한국에서 출판되었으니 여러 면에서 탁월한 집안이다.

1970년 미우라의 에베레스트 활강은 비록 정상에서부터의 활강은 아니었지만 엄청난 도전이었다. 30년 후에야 에베레스트에서 전 코스를 스키 하강한 사람이 나타났다. 슬로베니아의 다보 카르니카(Davo Karnicar, 1962~2019)였다.

그는 2000년 10월 7일 에베레스트 정상에 선 뒤 스키로 약 다섯 시간에 걸쳐 베이스캠프까지 스키 활강을 하였다. 1995년 안나푸르나에서도 최초 스키 활강이라는 기록을 세웠다. 에베레스트 정상에 섰다 해도 고소증과 탈진으로 가까스로 살아 내려오는 모습들이 일반적인데,

스키를 신고 단 다섯 시간 만에 베이스캠프까지 도달한다는 것은 흔히 말하는 '스키의 신' 이라는 상투적인 표현을 뛰어넘어 이 세상에 없는 레벨의 스키어가 아닐지.

국가대표 스키팀 선수였던 그는 1989년 낭가파르바트(8,126m), 1993년 K2(8,614m)를 등반했고, 2000년 에베레스트 스키 활강 후 7대륙 최고봉을 모두 스키로 활강하는 기록을 세웠다.

산악스키 국제심판 보수 교육을 받

3대가 걸출한 산악스키어인 미우라는 "도전이야말로 인간의 본질"이라는 믿음을 자녀 교육에도 실천한 경우이다.

으러 이탈리아에 갔을 때 나 외에 여성은 딱 한 명이 있었는데 슬로베니아 여성이었다. 슬로베니아는 알프스 끝자락에 자리 잡은 나라이지만 국토의 대부분이 산악 지대라서 뛰어난 등반가들이 많이 배출되었다. 슬로베니아 산악인들의 활약은 매우 뛰어나서 그 역사를 담은 책이 2020년『산의 전사들』(하루재북클럽)로 출판되었다. 가장 어렵다는 로체 남벽을 단독으로 오른 괴물급 산악인 토모 체슨을 비롯해 등반, 스키, 스노보드 등에서 세계적인 인물이 많다.

그 외에도 2001년 오스트리아의 스테판 가트(Stetan Gatt)와 프랑스의 마르코 시프레디(Marco Siffredi, 1979~2002)가 에베레스트 정상에 선 후 스노보드로 하산을 했다. 마르코는 2002년 두 번째 에베레스트를 오르고 스노보드로 하산하다 실종됐다.

한편 2018년 폴란드의 안드르제이 바르지엘(Andrzej Michał Bargiel,

슬로베니아의 다보 카르니카는 2000년 10월 에베레스트 정상에서 스키 활강으로 5시간 만에 베이스캠프에 도착했다. 그 후 7대륙 최고봉을 모두 스키로 활강하는 기록을 세웠다.

1988~)이 세계 2위봉 K2에서 최초로 스키 활강에 성공했다. K2는 에베레스트에 이어 세계에서 두 번째로 높은 봉우리지만 어느 14좌 봉우리보다 힘든 곳으로 정평이 나 있다. 14좌 중에서 두 번째로 사망률이 높은 것으로 알려진 이 산을 오른 것만으로도 어려운 일인데 스키로 활강을 하다니! 극강, 최강의 스키어임에 틀림없다.

히말라야는 아니지만 알프스 3,000미터에서 산악스키 좀 타본 여자로서 이렇게 글을 마무리하기엔 입이 근질거린다. 이탈리아로 산악스키 심판 보수 교육 올 빌으러 간 김에 3,000미터에 가까운 봉우리 하나를 골라서 산악스키로 도전했다. 산 입구부터 정상까지 전 구간을 산악스키로 올랐다. 정상 부근 좁은 능선에서 겁이 난 사람들이 스키를 벗는 모습을 봤지만 그쯤이야 자신 있었다. 하지만 뾰족한 정상에서 스키를 신고 내려서는 일은 장난이 아니었다. 경사면에 서니 아래쪽은 절벽이요 위쪽은 손이 설면에 닿았다. 죽느냐 사느냐를 고민한 건 아니지만 다리 하나쯤은 부러져도 내리쏠 용기가 필요했다. 처음엔 눈에 냅다 처박히기도 했지만 태어나서 처음으로 산악스키다운 활강을 해냈다. 활강을 마친 후 들이켠 맥주 한 잔! 그것이 내 인생 최고의 한 잔이었다.

열 손가락이 없어도
할 건 다 한다

김홍빈, 박정헌, 최강식, 곽정혜.

이들은 고산에서 동상을 입어 손가락을 잃은 장애 산악인들이다. 김홍빈 대장은 열 손가락이 없고, 박정헌은 손가락 8개와 발가락 2개, 최강식은 손가락 9개와 발가락 10개, 곽정혜는 왼손가락 모두와 발가락 하나를 잃었다.

> "나는 절대 넘어지면 안 되기 때문에 걸으면서도 엄청 집중을 해요. 넘어지면 피켈이 없으니 제동을 할 수가 없으니까." (김홍빈)

김홍빈은 등반에만 집중을 하기 때문에 정신이 흐트러지지 않게 하려고 애쓴다. 산악인이 눈과 얼음이 덮인 고산을 오르려면 피켈은 필수 장비이다. 미끄러졌을 때 피켈의 피크로 제동을 걸어 추락을 멈춰야 하기 때문이다. 그러나 김홍빈은 손가락이 없는 뭉툭한 손으로는 피켈을 쥘 수가 없어 비장애인보다는 몇 배나 어렵게 산에 오르고 있다.

김홍빈은 1991년 북미 최고봉인 매킨리(6,194m)를 단독 등반하다 조난을 당해 열 손가락을 잃었다. 처음에는 용변도 혼자서는 해결할 수 없을 정도였다. "무던히 노력을 했

전국 동계체전 스키선수로 참가한 김홍빈

어요. 남이 누가 그걸 해주겠어요." 처음에는 아무것도 할 수가 없었다. 절단한 피부가 살짝 스치기만 해도 피투성이가 되었다. 자꾸 운동을 하니 근육도 생겨서 포크도 잡을 수 있게 됐다. 양말도 신을 수 있게 되고 세월이 지나니 손도 단단해졌다. 뭉툭한 손으로 운전을 연습해 장애인용 운전면허증을 발급받아 화물차 운전도 했고 굴삭기도 다룰 줄 알았지만 신체적인 제약으로 오래 할 수는 없었다.

장애를 입은 이후로 "원정을 가기 위해서 나만큼 훈련을 많이 한 사람이 있을까?"라고 자신할 정도로 끊임없이 하체를 단련한다. 그는 장애를 입기 전에도 스키 선수로 활동했지만 장애인 선수로서도 전국체전에 나가 메달을 따는 강한 남자다. 안전하게 살아 돌아오기 위하여 훈련 외에 딴짓을 안 한다고.

그는 히말라야 등반이 위험하다는 생각은 안 해봤단다. 오히려 국내 산에서 죽는 사람이 더 많다고 말하며 국내산에 갈 때는 그만큼 훈련이나 준비를 안 하고 가기 때문이란다. 그래서 본인은 그만큼 열심히 훈련

히말라야 원정 중인 김홍빈

을 하고 준비를 철저히 한다. 지쳐 한 걸음도 못 움직일 때에는 간절히 기도를 하고 국내에서 응원해주던 사람들을 생각하면 허벅지에 힘이 붙는다고 한다.

"위험하다기보다는 스릴을 느끼고 여기를 넘어야 한다는 정신 무장도 된다고 생각해요. 히말라야를 위험하게 생각하지만 그런 것들을 이겨내보려고 하는 것도 큰 에너지인 거 같아요. 그렇게 열심히 하다보면 그 산이 나를 살려 보내주더라구요."

약 12년에 걸쳐 세계 7대륙 최고봉에 오른 그는. 장애산악인으로서 최초로 14좌 완등을 앞두고 있다. 오로지 브로드피크 한 개만 남겨놓은 상태. 목표를 이루면 장애인 원정대를 꾸려보겠다는 소망이 있다. 다친 후로 산악연맹에서 원정대가 꾸려져도 한 번도 불러주지 않아서 시운한 생각이 많이 들었다고 한다.

박정헌은 8,000미터급 봉우리 8개를 올랐고, 특히 2002년 시샤팡마에는 '코리아 하이웨이'라는 루트를 만들며 세계 산악계의 주목을 받는 등 뛰어난 클라이머였다. 2005년 후배 최강식과 세계 최초로 동계 촐라체 북벽 등정에 성공했으나 하산 도중 최강식이 크레바스에 빠져 후배는 두 다리가 부러지고, 필자는 늑골이 부러진 상황에서 서로 포기하지 않고 생환을 했다. 만신창이가 된 몸으로 기어서 하산을 했지만 그 과정에서 손발이 어는 것을 막을 수가 없었다. 그들은 조난당한 지 5일 만에 오두막 주인에게 발견되어 목숨을 건졌다.

그들의 이야기는 소설가 박범신의 소설 『촐라체』와 박정헌 자신의 『끈』이라는 책으로 출판됐다. 영국 산악인 두 명의 실화를 그린 『친구의 자일을 끊어라』라는 소설과 너무 비슷한 상황이었다. 영국인 둘이 안데스 산맥의 시울라 그란데(6,400m)를 등정하고 하산하다 한 사람이 추락해서 다리가 부러지고 줄에 매달리게 되었다. 둘 다 추락해 죽느냐, 줄을 끊고 한 사람만 사느냐 하는 절체절명의 순간에 위의 친구가 줄을 끊고 혼자만 베이스캠프로 내려온다. 하지만 죽은 줄 알았던 친구가 3일 밤낮을 기어서 베이스캠프로 귀환해서 돌아온다. 그에 비하면 박정헌의 경우는 참으로 아름다운 결말이지 않은가?

박정헌이 손가락을 잃었을 때는 세상 전부를 다 잃은 것 같았다고 한다. 등반가의 꿈도 사실상 접어야 하는 것이었고 좌절만 남았다. 그러다 '손가락이 없어도 히말라야를 볼 수 있는 방법이 뭐가 있을까'라는 생각에서 패러글라이딩을 시작했다. 그리고 새로운 꿈을 꾸게 됐다. 세계 최초로 패러글라이더를 타고 파키스탄 낭가파르바트에서 칸첸중가까지 3,200킬로미터를 하늘을 날아 종단했다. 패러글라이딩을 통해 그는 하늘 위에서 히말라야 산맥을 보았다. 자전거 실크 로드 대장정을 하는가 하면, 자전거와 스키, 카약 등을 이용해 히말라야 5,800킬로미터를 횡단했다. 손가락이 없는데도 스포츠 클라이밍에 도전, 진주에서 실내클라이밍 센터를 운영하고 있다.

"신이 엄지손가락 하나는 남겨줬어요."라는 말의 주인공 최강식은 사고 후 복학해 경상대학교 학생회장도 하고, 특수교육으로 석사를 마치고 중학교 체육교사가 되었다. 그가 사는 모습을 보면 이 시대 최고의 긍정의 아이콘일 듯싶다. 브라보 최강식!

곽정혜는 2006년 한국 여성으로 다섯 번째로 에베레스트에 올랐으나 하산 중에 추락하여 밤이 늦도록 의식을 잃고 있다가 다른 한국 팀에게 발견되어 극적으로 구조되었다. 다른 한국 팀은 중동고산악회인데 정상을 오르다 곽정혜를 발견하고 정상 등정을 포기하고 그녀를 구출하는 것으로 원정을 마무리했다. 26살 여성이 에베레스트 등정을 해냈지만 대가는 가혹했다.

그러나 그녀 역시 시련을 잘 극복하고 오지 전문 여행사와 산악 전문지 기자 생활을 했고, 같은 회사 기자와 결혼해 예쁜 딸의 엄마가 되었다. 자신의 에베레스트 등정기를 담은 『선택』이라는 책을 출간했고, 출판기획사를 차려 산악 관련 출판 일을 하고 있다.

그토록 좋아하던 산에서 사선(死線)을 넘고, 손가락을 자르는 중상을 입고서도 계속 산을 오르는 이유에 대해서 누가 섣불리 답을 할 수 있을까? 정말 진지한 탐구 대상이고 어려운 주제이다.

운명에 대한 도전,
장애를 딛고
에베레스트에 올랐다

톰 휘태커(Tom Whittaker, 1948~, 미국)

마크 잉글리스(Mark Inglis, 1959~, 뉴질랜드)

샤보위(夏伯渝, 1949~, 중국)

아루니마 싱하(Arunima sinha, 1989~, 인도)

에릭 웨헨메이어((Eric Weihenmayer, 1968~, 미국)

앤디 홀쳐(Andy Holzer, 1966~, 오스트리아)

김홍빈(1964~, 대한민국)

에베레스트는 전 세계 등반가들의 꿈이다. 장애인이라고 에베레스트
를 오르는 꿈을 꾸지 말라는 법은 없다. 하지만 2020년부터는 장애인에
게 제한이 생겼다. 날씨가 좋았던 2019년 5월 23일에는 정상부 외길에
사람들이 몰려 대기 줄이 300미터 넘게 이어진 '인간 체증' 사진이 공개

되기도 했다. 산소가 부족하고 체온 유지가 어려운 8,800미터 높이에서 탁구대 두 개 크기의 정상부에 20여 명의 사람들이 사진을 찍기 위해 서로를 밀치고 있었던 것으로 전해졌다.

별다른 자격 제한 없이 너무 많은 신청자에게 등반 허가를 내주어 병목현상까지 생긴다는 비난이 일자, 네팔 정부는 2019년 새 에베레스트 등반 규정 개정 권고안을 발표했다. 2015년에 에베레스트 등반 자격 제한을 추진하다가 등정 허가 수입이 감소될까하여 무산된 바 있다.

네팔 관광청은 6,500미터 이상의 고봉 등반 경험이 있고, 신체 검사 서류 제출과 함께 체력 진단도 받아야 등반 허가를 내주기로 했다. 등반 허가 요금도 현행 1인당 1만1000달러(약 1,300만 원)에서 최소 3만5000달러(약 4,200만 원)로 대폭 올린다. 등반 안내 경험이 3년 이상인 관광회사만 외국인 등산객을 받을 수 있게 했다. 또 전문 가이드를 동반하지 않은 '나홀로 등반'을 금지한다. 두 다리를 절단한 사람이나 시각장애인의 에베레스트 등반 또한 금지했다.

사실 장애를 딛고 에베레스트를 오른 사람들은 많다. 장애를 가진 사람들의 반발이 없을 리 없다. 차별이니까. 이러한 때에 그들의 스토리를 살펴보는 것도 의미가 있다.

장애인으로 처음 에베레스트를 오른 이는 톰 휘태커이다. 한 다리 절단 장애인이다. 미국 애리조나 주 프레스콧대 교육학과 교수이자 등반가인 톰은 30살에 자동차 사고로 오른발을 절단했다. 1979년이었다. 그는 럭비 선수이자 클라이머였다. 심각한 사고를 당한 후 몸을 추스르고 에베레스트에 도전한다. 89년과 95년에 에베레스트 등정에 나섰으나 실패하고, 1998년 5월 27일 세 번의 도전 끝에 에베레스트를 등정했다. 특수 제작된 의족을 착용하고 동료 한 명 및 네 명의 셰르파와 함께한 기록이었다.

2006년 5월 15일에는 두 다리 모두 의족을 한 마크 잉글리스가 에베레스트 정상에 섰다. 두 다리가 없는 사람으로서는 최초였다. 잉글리스는 뉴질랜드 산악구조대원으로 일하던 1982년 11월, 뉴질랜드 최고봉인 마운트 쿡에서 심한 눈보라로 얼음 동굴 속에 갇혀 14일 간 조난당해 두 다리가 동상에 걸렸고, 결국 무릎 아래 14센티미터를 절단했다. 당시 그는 23세 청년이었다. 그러나 그는 장애에 절망하지 않고 재기해 2000년 시드니 장애인올림픽 사이클 트랙 부문에서 은메달을 땄으며, 국제 사이클·스키 경기 등에서 많은 상을 타기도 했다.

2018년에는 역시 두 다리 절단 장애인인 중국인 샤보위가 69세의 나이로 에베레스트 정상에 오르는 데 성공했다. 두 다리가 없는 장애인으로서는 세계에서 두 번째였다. 그는 1975년 5월 중국 정부 산악팀 소속으로 처음 에베레스트에 도전했다. 그는 영하 30도의 극한 상황에서 사흘 간 고립되어 있으면서 동료에게 자기 침낭을 양보했다가 두 다리에 극심한 동상을 입고 말았다. 이미 괴사가 진행된 두 발은 절단할 수밖에 없었다. 그때 그는 26살이었다. 1996년에는 다리에 림프종이 생기면서 무릎까지 잘라내야 했다. 하지만 샤보위는 시간이 지날수록 자신의 다리를 앗아간 에베레스트를 오르겠다는 결심이 굳건해졌다. 2014년에 도전했으나 눈사태로 뒤돌아섰고, 2015년에는 지진을 만났고, 2016년엔 기상 악화로 실패했다. 네 번의 실패가 반복됐고 그때마다 운명이 자기 편을 들어주지 않는다는 생각에 좌절도 했지만 '꿈'을 버리지 않았다.

에베레스트 등반 중인 샤보위. 샤보위는 지난 2018년, 69세의 나이로 네 번의 실패 끝에 에베레스트 등정에 성공했다. 두 다리가 없는 장애인으로서는 세계에서 두 번째이다. (사진: 밍마 겔제 셰르파 페이스북)

"에베레스트 봉에 오르는 것은 내 꿈이었다. 이것은 내 개인적인 도전이자 운명에 대한 도전이기도 했다."

장애인은 아예 등정 시도조차 못할 위기도 있었다. 네팔 정부가 산악 규정을 개정해 두 다리가 없는 장애인에 대하여 에베레스트 등 히말라야 고봉 등반 허가를 하지 않기로 했기 때문이다. 하지만 이 같은 제한은 차별적이라는 장애인 단체의 청원으로 대법원은 이 규정을 취소했고, 샤보위는 2018년 봄 등반 시즌을 맞아 다시 에베레스트에 오를 수 있었다. 43년 만에 성공한 것이었다.

2013년 5월 22일 에베레스트를 등정한 아루니마 싱하는 인도 여성 산악인이다. 국가 배구 선수이자 축구 선수였던 그녀는 2011년 달리는 기차에서 강도에게 밀려 선로로 떨어져 왼쪽 무릎 아래를 절단해야 했다. 그러나 그녀는 좌절하지 않고 각 대륙에서 가장 높은 봉우리에 올라 인도 국기를 올리는 것을 목표로 훈련을 시작했다. 2019년 1월 4일 남극 최고봉에 오름으로서 7대륙 최고봉을 완등하였다.

시각장애인인 에릭 웨헨메이어는 2001년 5월 25일, 시각장애인 최초로 에베레스트에 올랐다. 에릭은 스틱과 앞장선 동료의 배낭에 달린 종소리만을 의지해 한 걸음 한 걸음 에베레스트를 오른 것이다.

"사람들은 앞이 안 보이니까 무서움을 느끼지 못할 것이라고 여기는데, 아니다. 2,000피트 높이의 아래를 보지는 못하지만 죽음의 공포는 같다. 죽음은 죽음이다."

그는 내처 2002년 7대륙 최고봉도 다 마쳤다. 그런가 하면 2014년에는 시각장애인 동료와 함께 세계에서 가장 강력한 화이트워터인 그랜드캐니언 전체 구간 약 455킬로미터를 카약으로 내려왔다.

13세 때 퇴행성 눈질환으로 시력을 잃기 전까지 에릭은 농구, 미식축구 등을 즐기던 평범한 소년이었다. 눈이 멀었다는 현실을 인정하기 싫었던 그는 한동안 정상인처럼 행세했으나 곧 장애에 저항하기보다 장애 속에서 할 수 있는 일을 찾기 시작했다. 운동을 좋아했던 그는 레슬링을 택했고 고등학교 3학년 때 아이오와 주 레슬링 자유형 챔피언에 올랐다. 등반은 16세 때부터 시작했다. 타고난 체력과 강인한 정신력을 가진 그는 아프리카의 킬리만자로, 아르헨티나의 아콩카구아 등 수많은 고봉에 올랐다.

오스트리아의 앤디 홀쳐도 시각장애인으로서 2017년 5월 21일 에베레스트에 올랐다.

우리나라에는 열 손가락 없이 등반을 하는 김홍빈이 있다. 20대에 북미 최고봉 데날리를 등반하다 손가락을 모두 잃은 후로 7대륙 최고봉을 완등하고 14좌 최고봉에 도전 중인데, 2020년 봄 마지막 8,000미터급 봉우리인 브로드피크를 남겨두고 코로나19 팬데믹으로 원정이 미루어졌다. 2021년 6월 10일 다시 브로드피크로 출국할 예정이다. 두 다리가 없는 것은 의족으로 대신할 수 있지만 손가락이 없으면 등반은 더욱 어

럽다. 손가락으로 섬세하게 조작해야 하는 장비도 있고, 로프를 장비에
끼우기도 해야 하는 작업에 생명이 걸려 있는데 열 손가락이 없으니 얼
마나 불편하겠는가!

한편 1급 시각장애인인 송경태(1961~)도 지난 2015년, 에베레스트에 도
전했으나 지진으로 실패하고 그 이야기를 책으로 펴냈다. 전북 시각장
애인도서관 관장인 그는 20대 군 복무 시절 훈련도 중 예기치 않은 수
류탄 폭발 사고로 시력을 잃었다. 그러나 한계를 극복하고 '모험가'로 대
변신을 했다.

일찍이 1998년에 '2002 한일 월드컵 홍보'를 위해 미대륙 도보 횡단
을 시작으로, 2000년에는 수백 미터의 거벽을 오르며 암벽 등반에도 발
을 들여놓았다. 이후 그는 시각장애인 최초로 세계 4대 극한 사막 마라

톤 그랜드슬램(사하라, 고비, 아타카마, 남
극)을 달성하고, 그랜드캐니언 271킬로
미터와 나미브 사막 마라톤 250킬로
미터, 타클라마칸 사막 마라톤 100킬
로미터를 완주했다. 뿐만 아니라 사회
복지학 박사학위도 취득했으며, 전주
시의회 의원도 역임하는 등 장애를 극
복하며 왕성한 활동을 하고 있다.

2015년 에베레스트 도전 기록을 『엉
금엉금 에베레스트』로 출간한 송경태
는 다음과 같이 밝혔다.

송경태는 "장애인들의 일상이 에베레
스트 등반에 못지않은 편견과 싸워야
하는 사투"라며 "장애에 대한 우리 사회
의 고정관념이 바뀌기를 바란다"고 밝
혔다.

"장애인들의 일상은 에베레스트 등반에 못지않은 편견과 싸워야 하는 사투이다. 장애에 대한 우리 사회의 고정관념이 바뀌기를 바란다."

히말라야의 청소부,
한왕용

    한왕용(1966~)이라는 산악인이 있다. 2003년까지 8,000미터 14좌를 다 올랐는데 한국인으로는 세 번째, 세계적으로는 열한 번째 완등자이다. 그 자체로 훌륭한 업적이지만 그 과정에 단 한 명의 대원도 희생되지 않아 칭송받는 산악인이기도 하다. 또 에베레스트 8,700미터 지점에서 다른 팀 대원이 탈진하여 조난당할 뻔했는데 5시간이나 기다려 부축해 내려온 일, 1996년 포베다(7,439m)에서도 위험한 상황에 빠진 다른 원정대 대원을 살려냈고, 1997년 가셔브룸1에서는 크레바스에 빠진 대원을 구하는 등 드물고도 감동적인 인간애를 보여주었다. 산악계의 휴머니스트 한왕용!

    그런데 그에게는 한 가지 더 특별한 점이 있다. 그는 14개 봉우리를 14년에 걸쳐 다 오르고 나서, 그 14개봉을 청소하러 다시 한 바퀴 돌았다. 오로지 그 고산에서 쓰레기를 끌어내리기 위해서 말이다.

여기에는 낯 뜨거운 사연이 있다. 한왕용 대장은 2002년 여름 브로드 피크(8,047m) 등반 때 베이스캠프에서 두 시간 거리인 K2 베이스캠프의 일본 팀에 놀러갔다. 그런데 일본 팀이 깻잎, 마늘절임, 캔 김치 등 한국 통조림으로 식사를 대접하더란다. 놀랍게도 그 음식은 캠프2에서 주워 온 쓰레기이고 일본 대원들은 "위에 가면 더 많이 있다"고 말하면서 먹고 싶을 때 가져다 먹는다고 말했다.

한국인들이 버리고 간 식량과 장비를 사용하고 있는 일본 팀을 보고 '2년 전 K2 원정 때 날씨가 좋지 않아 급히 철수하면서 자기가 버린 것들이 아닐까' 생각하며 산악인으로서 너무 부끄러웠다고 한다.

그날 이후 한 대장은 당시 목표였던 8,000미터 14좌 등정을 모두 마친 뒤 히말라야를 청소하기로 인생 목표를 수정했다. 히말라야에 어쩔 수 없이 버리고 온 쓰레기가 마음속의 빛이었나보다.

2003년부터 2008년까지 이어진 히말라야 14개 거봉 청소 등반에는 자비 부담으로 자원봉사자를 모집했는데 대학생부터 70대 할아버지까지 많은 사람들이 동참했다. 텐트와 산소통, 개봉하지도 않은 과일 캔, 각종 쓰레기와 덤프라 박스, 비닐, 유릿조각 등 몇 십년 간 눈에 묻혀 있던 쓰레기들을 발굴하는 것도 힘든 작업이었다. 쓰레기는 여러 나라에서

한왕용 대장이 이끄는 히말라야 클린마운틴 원정대원들이 눈에 묻힌 쓰레기를 수거하고 있다.

한왕용 대장의 K2 클린마운틴 원정

한왕용 대장의 클린 마운틴 원정대 실화를 바탕으로 쓴 104쪽 분량의 환경동화(글 신자은, 그림 김상인, 학고재)

버린 것들이었지만 한국 캔들이 나올 때는 더더욱 부끄러웠다고 말한다. 2004년 K2 클린 원정대에 참여했던 김영미 대원이 남긴 글이다.

> "쓰레기를 분류해 포터들이 짐을 나를 수 있도록 25kg씩 재포장을
> 하자 그 무게가 무려 2톤 가량이나 되었다. 고소 캠프에서 수거한 산
> 소통은 총 6개, 수거한 낡은 로프의 길이는 약 2000m 가까이 되었
> 다. 쓰레기 분리를 하면서 생각보다 많이 쏟아져 나오는 한글포장재
> 를 보고 지난 일들을 가슴 깊이 반성한다."

'클린 마운틴 원정대' 이야기는 지난 2014년『히말라야 청소부』라는 어린이들을 위한 책으로 출판되었다.

미래의 고산 등반가를
기다리며

 1924년에 에베레스트 정상을 향하던 영국의 조지 말로리와 앤드루 어빈. 이들은 정상 근처에서 실종되었고, 말로리는 75년 만에 시신이 발견되었지만 정상 등정 여부는 밝혀지지 않았다. 그렇지만 시신이 발견된 8,500미터 지점 이상은 도달했으며, 이후 수십 년 동안 이들의 최고점 도달 기록은 깨지지 않은 채 남아 있었던 것으로 보인다. 1950년 프랑스 원정대의 모리스 에르조그와 루이 라슈날이 안나푸르나(8,091m) 정상에 올라 인류 최초로 8,000미터 봉우리에 오른 사람으로 기록되었으며, 히말라야 8,000미터급 14좌에 대한 초등 경쟁은 1964년 시샤팡마(8,027m)에서 마무리되었다.

 이후로 20세기의 등반가들은 히말라야 8,000미터 위에서 인간의 한계를 시험하고 도전하면서 수백, 수천 페이지의 역사를 남겼다. 그들의 인간 드라마는 책으로, 영화로 만들어지고 그들의 나라에서 산악 영웅

대접을 받기도 한다. 이 책에 등장하는 고산 등반가는 그리 많지 않다. 너무도 많은 월드 클래스 스타들을 더 많이 다루지 못함이 아쉽지만 시간을 다 뛰어넘어 요즘 주목받는 등반가를 꼽아봤다.

8,000미터 14좌 완등 리스트에 이름을 올리거나 최고봉을 얼마나 빨리 올라가는지 같은 기네스 기록이 기준이 아니다. 그건 이미 한물 간 20세기 고산 등반의 시류라고 할 수 있다. 지금 21세기 세계 등반무대에서 인정받는 것은 황금피켈상 수상자들 정도이다. 프랑스 '고산 등반 협회'와 프랑스의 산악 전문지 『몽타뉴(Montagnes)』에서 전 세계 산악인을 대상으로, 한 해 동안 가장 뛰어난 등반을 한 팀에게 주는 이 상은 1991년에 만들어졌지만 이젠 이 상의 심사기준이 바로 21세기 등반의 현주소를 가리킨다.

최근 황금피켈상을 받은 등반은 8,000미터는커녕 7,000미터급 등반도 많지 않다. 이제 더 이상 높이는 중요한 척도가 아닌 것이다. 셰르파 없이 자기들의 힘으로 등반하는 것은 기본이다. 아무도 오르지 못한 난공불락의 벽에 길을 만들며 올라간다거나, 혹독한 동계 등반이거나, 단독 등반이거나 소수 정예이거나, 최소한의 짐으로 빠르게 등반하며 산에 남기고 온 흔적을 최소화한다는 등의 의미 있는 등반이어야 한다. 수단 방법 가리지 않고 많은 물자와 인력, 자본을 투입해 국가의 명예를 앞세워 높이와 결과에 집중하던 20세기식 등반이 아닌 스포츠로서 순수함, 인간, 환경과 윤리까지 생각하는, 가치를 지닌 등반에 박수쳐주는 것이다. 산소통을 메고 가이드 도움을 받으며 기계적으로 두 발을 움직이는 등반이 아닌, 수천 미터 절벽에 두 발과 두 손으로 매달려 해법을 찾아야 하는 등반이다. 당연히 어려움이 커진다. 얼만큼 더 고생했는지를 쳐주는 '고생의 총량'이 반영되는 셈이다.

2020년 황금피켈상의 주인공은 네 팀이다. 두 팀은 네팔의 벽을, 두 팀은 파키스탄의 벽을 초등했다. 폴란드의 마렉 홀레첵, 즈데넥 학이 네팔 참랑(7,321m) 북서벽, 미국의 앨런 루소, 티토 비야누에바가 네팔 텡기 라기타우(6,938m) 서벽을 올랐다. 미국의 마크 리치, 스티브 스웬슨, 크리스 라이트, 그레이엄 지머맨은 파키스탄 링크사르(7,041m) 남동벽 초등, 일본의 히라이데 카즈야, 나카지마 켄로는 파키스탄 라카포시(7,788m) 남벽을 초등했다. 일본의 히라이데 카즈야와 나카지마 켄로는 2018년에도 이 상을 받은 월드 클래스 등반가이다. 앞에서 다룬 일본 여성 산악인 다니구치 케이도 카즈야와 2009년 황금피켈상을 수상했다.

나는 2017년 한국 산악 전문지 월간 『사람과 산』에서 제정한 아시아 황금피켈상 심사위원으로 히라이데 카즈야를 대면했다. 등반의 성과 뿐 아니라 자기의 등반 기록을 심사위원들 앞에서 프레젠테이션하고 질의에 응답하는 과정이 필수이다. 어느 지점에 장비 몇 개를 회수하지 못하고 남겨두었는지 그런 디테일한 질문에 답해야 할 정도로 등반의 전 과정을 스스로 증명해 보여야 했다. 등반만 잘해서는 될 일이 아니었다. 당시 그에게서 받은 느낌은 '프로' 그 자체였다. 이웃나라 이 청년들은 아직도 현재진행형이다.

2019년에는 세 팀이 수상했다. 오스트리아의 다비드 라마가 루낙 리(6,907m)를 단독 등반으로 초등했고, 한스요르그 아우어가 루프가르사르 서봉(7,157m)을 단독 등반, 톰 리빙스톤(영국), 알레스 체센(슬로베니아), 루카 스트라자(슬로베니아)가 라톡1봉(7,145m)에 새 루트를 개척했다.

한국 고산 등반의 시작은 1962년 경희대학교 산악부의 히말라야 다

황금피켈상 시상식 후

울라기리 제2봉(7,751m) 원정이다. 미답봉이었고 실패했지만 6,700미터
의 무명봉을 등정하여 한국의 첫 히말라야 등반 기록으로 남았다. 그
주역은 경희대 산악부를 만들고 이끈 박철암(1918~2016) 교수이다. 무
슨 일이든 처음이 가장 어렵다. 그 후 박 교수는 1971년에는 로체샤르
(8,382m) 원정 대장을 맡아 박상열, 최수남 대원으로 하여금 한국인 최
초로 8,000미터 도달이라는 기록을 세우게 했다. 90세 넘어서까지 세계
최초로 티베트 무인구 탐험에 마지막 힘을 쏟았으며, 기어코 성공시킨
박철암 교수는 우리가 기억해야 할 큰 산이기도 하다.

1977년 고상돈 대원이 에베레스트 정상에 한국인 최초로 서기까지
한국의 고산 등반 역사에 희생과 비극노 많았다. 1971년 마나슬루 원정
대 이야기는『집념의 마나슬루』라는 책과 영화로까지 만들어졌다. 지금
한국의 히말라야 8,000미터급 14좌 완등자 수는 6명(2020년 위키백과사전
기준)으로 서양 어느 나라보다 많다. 우리나라 등반가들이 히말라야에
쏟은 정열은 1962년 이후 고스란히 20세기 우리나라 고산 등반의 역사
로서『역동의 히말라야』(남선우 저)라는 책에 잘 정리되어 있다.

21세기 등반가로 내놓을 수 있는 한국의 등반가로는 2017년에 황금 피켈상 심사위원 특별상을 받은 팀이 있다. 고 김창호 대장과 최석문 (1972~), 박정용(1974~)은 2016년에 네팔 강가푸르나(7,455m) 남벽에 새로운 루트인 '코리안 웨이'를 개척했다. 김창호 대장은 히말라야 14좌를 다오르기도 했고, 세계 최단기간 무산소 완등자라는 기록을 세웠다. 그 유명한 폴란드의 예지 쿠쿠츠카가 7년 11개월 걸린 기록을 김창호 대장은 7년 10개월 만에 올랐던 것이다. 물론 그의 기록도 깨졌지만 말이다.

그런 간판 스타를 우리는 2019년 히말라야에서 사고로 잃었다. 김창호 대장 이후 요즘 우리나라는 대가 끊겼다는 말이 나올 정도로 현역 고산 등반가가 드물다. 8,000미터 14좌 완등에 도전하는 산악인들은 몇 있으나 세계적으로 주목받을 만한 등반을 이어갈 대표 선수를 찾기는 어렵다.

21세기에 8,000미터 봉우리에서의 주목받는 등반은 어느 정도 수준이어야 할까? K2를 겨울 시즌에 오르는 것은 2021년 초 10명의 네팔인들이 성공했다. 3,000미터의 수직벽인 로체 남벽을 끝까지 오르는 것은 아직 성공한 사람이 없다. 로체 남벽은 라인홀트 메스너가 1975년에 실패한 후 '21세기의 벽'이라고 표현했고, 메스너의 라이벌이었던 예지 쿠쿠츠카의 마지막이 된 곳이다. 두 곳은 이미 만천하에게 알려진 과제이니 언젠가 누군가에게 길이 열릴 것이다. 그렇지만 인간의 노력에 더해 신이 허락하여야 가능한, 현재까지는 지상 최대의 과제임은 분명하다.

이 과제가 해결되고 나면? 인류의 히말라야 고산 등반은 계속될 수 있을까? 멈추는 때는 언제쯤일까? 산업혁명의 도래와 더불어 알피니즘이 출현했듯이 인류의 문명사와 더불어 히말라야에 대한 도전은 그 궤를 같이 해왔으므로 인류의 문명이 퇴보하고 경제 성장이 멈춘다면 더 이상 도전하지 않은 그런 시대가 올 수도 있을 것이다.

대단히 어려운 질문이고 정답은 있을 수 없겠지만 나는 끝이 없을 것이라고 생각한다. 4차 산업혁명이니 인공지능이니 인간 세상이 아무리 첨단으로 향해도 인간의 유전자에는 자연 속으로 들어가서 맞서고 극복하는 본능이 DNA에 새겨져 있다고 믿는다. 또 과학과 기술 발전보다 인간의 창의성이 앞선다. 스키나 패러글라이딩으로 에베레스트에서 하산할 생각을 한 것보다 더 기가 막힌 도전들이 이어지리라.

2020년은 코로나 팬데믹으로 고산 등반가들의 발도 마음도 묶였다. 포스트코로나 시대만을 기다리고 있을 이들이 얼마나 혹독하게 몸을 단련하고 있는지, 어떤 미지의 벽을 찾아내서 어떤 선을 그리고 있을지, 나는 오늘도 그 알 수 없는 미래를 기다려본다. 세계 곳곳에서 들려올 새로운 뉴스를, 새로운 역사를!

히말라야 원정에
도전하다

_ 더그 스코트(Doug Scott, 1941~2020)

"모두 다 고산의 오랜 원정생활로 변해서 돌아온다. 그는 결코 그 전과 같은 바로 그 사람이 아니다. 장기간의 원정에서 내 자신을 한계상황까지 밀어붙인 후 고향에 돌아오면, 모든 이들에 대해 더 많은 애정을 느끼게 되며 친구들과 보다 더 가까워지고 자신에 대한 더 많은 친밀감을 느낀다. 근심 걱정에 사로잡히지 않고 모든 일에 느긋이 대처하게 된다."

실전 같은 훈련

일반적으로 산소와 기압이 1/3쯤 줄어드는 3,000미터부터를 고산지대라 하고 여기에서 고산증이 시작된다. 고산 등반은 6,000미터 이상의 만년설 지대가 무대이다. 눈과 얼음, 깎아지른 바위, 만년설이 갈라져 틈이 벌어진 크레바스 같은 지형을 두 발 또는 두 발과 두 손 모두를 사용해서 오른다. 로프, 피켈, 등강기, 하강기 같은 도구도 늘 사용하고, 때에 따라서는 산악스키 등을 이용해 오르내리기도 한다.

따라서 고산 등반을 가기 전에는 체력 훈련뿐 아니라 그런 지형을 넘어서기 위한 기술 훈련이 중요하다. 다양한 경사의 설사면, 암·빙벽에서 피켈을 써가며 오르는 연습, 미끄러져 추락할 때 제동을 하는 활락정지 기술, 기본 중의 기본인 눈을 헤치고 길을 내는 러셀 훈련, 극한 상황 대비 훈련으로 눈 위에서 텐트 없이 자는 비박(Bivouac) 훈련, 설동을 파서 버티는 훈련 등을 한다.

그런데 국내에서 그런 훈련을 할 만한 조건을 갖춘 산이 있을까?

우리나라의 산은 2,000미터를 넘지 않는다. 남쪽 최고봉 한라산이 1,950미터, 설악산이 1,708미터이다. 만년설은 당연히 없고 어느 해에는 기온이 높아 빙벽이 얼지 않기도 하고, 눈이 적게 내려 눈 위에서의 훈련을 못 하기도 한다. 그렇지만 낮은 산이라고 쉽게 봤다간 큰코다친다.

산악인들이 주로 훈련 대상지로 찾는 한라산이나 설악산은 히말라야보다 혹독해질 수 있다. 설악산 대청봉 정상에서 중청산장으로 하산하던 등산객들이 고작 10여 분 거리에 산장이 있는데도 어둠과 강풍과 눈보라 속에 조난당해 저체온증으로 생명을 잃는 사고가 일어난다.[1] 내가 1996년 한라산에서 훈련할 때 백록담 화구 안에서 비박하고 다음날 아침 용진각으로 내려서는데 눈보라가 심해서 화이트아웃 현상이 일어났다. 사방천지를 분간할 수가 없어 길이 어딘지도, 방향도 모르겠고 자칫 조난당할 뻔했다. 실제 용진각 산장이 있을 당시 한밤중에 산장에서 화장실을 갔다가 못 돌아오고 조난된 경우도 있다고 들었다.

겨울 산은 폭설, 강풍 등 예측할 수 없는 기상 이변이 많고, 해가 일찍 지고 일몰 후에 기온이 급강하한다. '북풍한설'과 악천후는 히말라야와 비슷한 조건을 만들어주니 훈련을 실전처럼 할 수 있는 기회이다.

또 눈사태는 히말라야 같은 고산에만 있는 것이 아니다. 우리나라에서도 눈사태가 나서 전문 산악인이 당하는 사고가 여러 번 났다. 눈사태는 대부분 한라산이나 설악산에서 발생한다. 산이 작으니 눈사태 규

---

1 강풍경보와 한파경보가 발효 중이었던 지난 18일, 설악산 대청봉을 100m 앞둔 지점에서 김모(60)씨가 조난당했다. 김씨는 구조대에 발견됐지만 저체온증으로 숨진 채 발견됐다. 같은 날 또다른 김모(60)씨도 중청대피소를 1.4㎞ 남겨둔 지점에서 조난당했으나 구조되었다.-뉴시스, 2016년 1월 18일.
https://www.newsis.com/ar_detail/view.html?ar_id=NISX20160128_0013864468

모는 그리 크지 않지만 가파른 설사면만 골라서 훈련하는 원정대에게는 위협이 된다.

국내산에서 눈사태가 날 수 있다는 것을 처음 인지한 것은 1969년 2월 14일 설악산 10동지사건 때문이다. 1970년에 떠날 히말라야 원정을 위해 훈련 중이던 등반대가 해발 900미터 죽음의 계곡 입구에서 눈사태가 발생해, 한꺼번에 10명이나 사망하는 대참사가 난 것이다. 1976년에도 눈사태로 3명이 죽었다. 이후 여러 차례 설악산, 한라산 등지에서 눈사태로 사람이 죽었다.

한라산은 주로 용진각과 장구목, 개미목 등이 원정대 훈련지인데 가파른 설사면 아래에는 1미터 이상의 조릿대가 조밀하게 자라고 있다. 겨울이면 그 위에 눈이 내려 불안정하게 얹혀 있다가 무너져 내리게 되는 것이다. 삼각봉 대피소에서 용진각으로 내려서는 구간도 삼각봉 쪽의 급사면에서 낙석이나 눈사태가 발생하는 지역이라 펜스를 단단하게 설치해놨지만 쏟아지는 그 힘에 펜스까지 파손되기도 한다.

설악산은 토왕골, 좌골, 죽음의 계곡, 오련폭, 양폭, 공룡능선 등이 눈사태 발생 지역이다. 1998년 1월 14일 토왕성 폭포에서 빙벽 등반 훈련을 하던 6명과 구조 활동을 돕던 2명이 두 차례에 걸친 눈사태로 모두 숨지는 대형 사고가 발생했다. 2002년 1월에는 죽음의 계곡 눈사태가 대학 산악부원 3명을 덮쳐 1명이 중상을 입었다. 2009년 1월에는 염주골 염주 폭포에서 한 산악인이 눈에 깔려 사망했다. 그는 나에게 산악스키를 처음 가르쳐준 산악스키 전문가인데다 등반 경험도 많은 등산 강사였지만 눈사태를 피해갈 수는 없었다는 것에 큰 충격을 받았었다. 그런가 하면 2010년에는 마등령에서 비선대로 내려오는 구간에서 등산객 2명이 눈사태에 매몰되어 숨지는 사건이 발생했다.

폭설 시에 계곡의 경사면은 눈사태 위험을 내포하고 있다. 2020년 초 히말라야 안나푸르나 트레킹 코스 계곡 옆의 깎아지른 경사면에 눈이 쌓여 쏟아진 것처럼 말이다.

순백의 설경과 눈꽃을 보기 위해 겨울 산을 찾는 사람이 많다. 눈꽃 산행지로 유명한 산에서는 색색의 등산복을 입은 사람들의 물결이 이어져 장관을 연출하기도 한다. 그렇지만 겨울 산은 히말라야 못지않게 혹독할 수 있으니 대비를 철저히 하시라. 철저한 계획과 빈틈없는 준비만이 살길이다.

비행기 타면
반은 성공

8,000미터에서는 삶과 죽음이 종이 한 장 차이다. 살아서 돌아오려면 국내에서 혹독한 훈련을 아니 할 수 없다. 등정 성공의 모습 뒤에 드러나지 않은 준비 과정과 훈련 모습에 대한 나의 경험담이다.

1997년 가셔브룸 원정대는 대규모 원정대로서 대원을 선발하고 국내 훈련를 하는 것에만 1년 이상이 걸렸다. 한국대학산악연맹에서 선발위원회가 구성되어 체크리스트를 통해 팀워크 기여도, 원정 준비 참여도, 원정 경험, 체력과 등반 기술, 연맹 활동 기여도와 소속 학교의 고산 등반 경험 유무 등을 고루 평가하여 선발했다. 반면 작은 원정대는 마음 맞는 사람끼리 훈련하고 떠나면 되니 이런 절차는 다 생략할 수 있다.

체력테스트와 등반 실력은 기본으로 최소 몇 년간 국내산에서의 암벽, 빙벽, 설벽 기술을 고루 숙달한 사람이어야 함은 물론이다. 거기에 인간 됨됨이, 책임감과 희생정신, 협동심, 성실성 등도 테스트 항목이었다.

또 종합 신체검사를 하는데 심혈관계, 폐렴이나 간염 등의 과거 병력이 있다면 고려의 대상이다. 충치나 치통·편두통·치질·위궤양 등의 지병을 가진 사람은 높은 고도에서 병이 재발할 수 있다. 2002년 안데스 원정대 한 명이 과거에 기흉 수술을 받은 사실을 말하지 않고 따라나섰다가 베이스캠프 도착하기도 전에 가슴 통증을 호소해서 하산시킨 예도 있었다. 또 고소에서는 저기압 탓인지 칼로 베인 상처 등이 잘 낫지 않고 쉽게 화농이 되어버리는 것을 보았다.

선발된 후에는 격주로 산행은 기본이고, 동계 훈련, 인도어(Indoor) 훈련 등의 단체 훈련을 했다. 산행 훈련은 주로 팀워크 형성과 기초 등반 기술의 반복 숙달, 지구력 훈련을 목표로 한다. 산에서 하중 훈련을 기본으로 주마링(Jumaring)[2], 리지(Rigge)등반[3], 안자일렌(Anseilen)등반[4], 비박(Bivouac)[5] 등의 훈련을 한다. 원정 등반에 필요한 무전기 사용, 응급 처치, 원정에 대한 기초 지식, 등반에 관한 상식 등의 공부도 병행한다.

국내 훈련은 평상시보다 강도 높은 훈련을 하게 마련이다. 1991년 아마다블람 원정 때는 무거운 배낭을 메고 불암산에서 시작해 수락산, 사패산, 도봉산, 북한산 5개의 산을 1박 2일로 종주하는 지구력 훈련을 많이 했다. 산 하나를 넘고 바닥으로 내려와서 다시 산을 향해 오르막을 오르는 길이 참 지치는 과정이었고, 다시는 하기 싫을 정도로 자기와의 싸움이 필요했다. 체력과 정신력을 극한으로 몰아넣는 것이다. 하지

---

2 주마를 사용하여 고정로프를 오르는 것. 주마는 고정로프에 걸고 오르는 등강기(登降器)의 일종.(김성진, 1990)

3 산릉, 암릉을 이르는 말(김성진, 1990)

4 로프로 서로 묶어 매는 것을 안자일렌이라고 함. 암벽등반이나 위험한 루트에서 추락과 같은 상황을 대비하고자 함.(김성진, 1990)

5 불의의 사태로 예정하지도 않았던 노숙을 산야에서 하는 것을 말함.(김성진, 1990)

만 원정을 가보면 그런 정도는 약과였다는 것을 알게 된다.

개인 훈련으로 체력 훈련을 부과하여 정기적으로 체력 테스트를 실시했다. 개인 훈련으로는 오래 달리기, 수영, 개인 산행, 웨이트 트레이닝 등을 선택한다.

고산 등반의 무대는 기본적으로 눈과 얼음의 세계이므로 동계 훈련은 필수다. 설산과 빙벽에서의 기술 훈련과 극한 상황 대비 훈련에 초점이 맞춰지고, 그 밖에도 고산 식량의 특성에 맞춰 식사법 개선, 체질 강화 훈련 등도 한다.

다음은 특별한 훈련으로서 원정대의 선택사항인데 저압·저산소 트레이닝 센터에서의 훈련이다. 국내에서는 3,000미터 이상의 고소를 경험하기 어려우므로 저압·저산소 환경을 인공적으로 만들어놓은 챔버에 가서 훈련을 해보는 것이다.

국내에 딱 한 곳이 있다. 경희대학교 체육대학에서 운영하는 저압·저산소 트레이닝 센터인데 주로 유산소성 운동 능력을 향상시켜야 하는 축구 같은 종목의 국가대표들의 훈련 장소로 활용된다.

2011년, 내가 원정 경험이 없는 대학생들을 인솔해서 원정을 가게 되었을 때 ,저압·저산소 트레이닝 센터 훈련 시 맥을 못 추던 대원이 고산에 갔을 때도 고산증으로 고생했다. 고산체질인 사람이 분명 존재하는데 이는 직접 고산에 가야 확인이 된다. 예측할 수 있는 공식이 있는 것도 아니고, 국내에서 체력이 강했던 사람이라고 해서 실제 고산에 잘 적응하는 것도 아니기 때문이다.

그 밖에도 원정대에서 가장 중요한 일이 자금 마련이다. 히말라야 원정에는 최소한 수천만 원에서 수억 원이 필요하다. 에베레스트의 경우

입산료만 약 1억 원. 국내 준비비, 국내 훈련비, 국내 물품 구입비, 입산료, 통관비, 체재비, 헬기 예치금, 대행회사 수수료, 현지 인건비, 귀국 후 보고서 제작이나 보고회 등의 비용이 포함된다.

대원들이 일정 부분 분담하기도 하지만 큰 원정대의 경우 기업체나 방송사로부터 후원을 받기도 한다. 물론 국가나 지역, 연맹이나 단체 등의 이름을 걸고 가는 큰 원정대에 해당하는 이야기다. 대부분의 원정대는 부족한 자금 마련을 위해 후원사를 찾고 만나는 일에 진을 빼기 마련이다.

다음은 장비, 식량, 의료, 촬영, 통신 등 수백 가지가 넘는 원정대 물품을 빠뜨리지 않고 준비하고 포장, 운송하는 일이다. 사소한 장비 하나라도 빠뜨리거나 식량 중 한 가지라도 잘못되면 등반의 성패는 물론이고 대원의 목숨까지도 왔다갔다하는 상황이 발생할 수도 있기 때문이다. 만반의 준비를 위해 수도 없이 점검하고 꼼꼼하게 준비한다.

1997년 가셔브룸 원정의 경우 주중에는 원정대 사무실에 모여 자기가 맡은 분야의 준비 상황을 체크하였고, 구매하거나 협찬받은 물품을 사무실 한쪽에 쌓아나갔다. 19명의 대부대였기에 두 달의 원정이지만 한 가정의 이삿짐보다 더 많은 짐들이 필요했다. 짐이 많아서 출국 한 달 전에 선박화물로 보냈는데 수출 화물회사 직원들처럼 전 대원이 매달려 일해야 했다. 각자 일을 분담하여 진행했지만 원정 떠나기 전에 이미 국내에서의 준비에 기진맥진할 수밖에 없었다.

그 밖에도 인도어 훈련으로써 가야 할 산에 대한 공부, 등반 루트에 대한 정보 탐색, 현지 정보(풍습, 언어, 예법, 금기사항, 기후, 시장조사 등)와 사진 촬영 기법, 통신 기기에 대한 숙달, 고소 적응 방법 등을 익히고 만

반의 준비를 한다. 이와 같은 수많은 준비 과정 때문에 원정을 떠나기
도 전에 지치는 것이 당연하다. 그래서 비행기를 타면 히말라야 원정의
반은 성공이라는 말이 생겼다.

뭘 갖고 가지?

가족이 1박 2일 캠핑만 가도 무슨 짐이 그렇게 많이 필요한지! 하룻밤 의식주의 이동에도 그럴진대 한 달 이상의 해외 원정에는? 97년 가셔브룸 원정대의 상행 카라반 때는 포터를 218명을 고용했다. 25kg씩 나르니 5톤이 넘는 양이다. 5톤 트럭에 실리는 양을 생각해보라.

고산 원정을 되돌아보면 수천 가지의 물자 리스트를 만들고 시장조사를 하고, 구매 또는 후원을 받고, 분류하고, 포장하는 일까지… 떠나기 전부터 진이 다 빠진다. 짐이 많아서 출국 한 달 전부터 포장을 했는데 전 대원이 수출 화물회사 직원들처럼 매달려 일했다.

현지에 도착해서 제일 큰일은 한국에서 보내온 짐들을 포터들에게 나눠줄 25kg으로 맞추어 재포장하는 것이었다. 한국에서는 수출용 담프라 박스에 무게 생각을 안 하고 포장했으나 포터들에게 분배하려면 부피와 무게를 맞춰 다시 포장해야 했다. 한국에서도 짐 싸느라 너무 힘이

들었는데 현지에 와서 다시 한번 고생을 했다. 베이스캠프까지 몇날 며칠 걸려 운송하고, 다시 분류하고 보관하고, 수량 파악하고 고소 캠프마다 필요한 물량 옮기고 끊임없이 물량을 움직이고 파악해야 했다.

물류(物流), 로지스틱(Logistics), 병참!(兵站)

전쟁에서 필요한 병력과 물자를 적재적소에 보내는 병참에 실패하면 이길 수가 없다. 고산 등반 원정대도 마찬가지이다. 수천 가지의 의식주 물량과 장비가 잘 관리되고, 필요한 곳에 보내져야 하고, 있을 곳에 있어야 한다.

글을 쓰기 위해 당시 보고서를 다시 읽다보니 19명이 두 달 간 원정을 위해 먹고 살 식량 리스트가 234종류나 되었다. 쌀 등 주식류 21종, 즉석식품 14종, 통조림 21종, 부식류 57종, 건강보조식품 11종, 간식류 32종, 양념젓갈류 44종, 차 등 기호식품 34종 등 234종류나 되었다.

그대로 진열하면 슈퍼마켓 수준이다. 없는 게 없다. 마른 나물 종류가 10가지, 건생선, 건(소)돼지고기, 건장어, 계피 등 내집 냉장고에도 없는 흔치 않은 아이템이 히말라야 원정대 식량 창고엔 있었다. 예상치 못한 악천후 때문에 등반기간이 연장될 수도 있고, 이렇게 준비한 식량이 막상 고소에서 고소증으로 먹히지 않으면 등반에도 영향을 주기 때문에 원정 경험과 여러 정보를 참고하여 아주 넉넉하게 준비했다. 우리 원정대의 경우 베이스캠프에서 골뱅이무침과 냉면이 특식으로 인기 있었다. 물론 원정대의 규모나 경제 사정에 따라 상황은 같을 수는 없다. 저비용으로 소규모 원정대를 꾸리는 팀은 배낭여행을 떠난 대학생쯤으로 비유하면 될 듯하다.

화물 운반비를 줄이기 위해 현지에서 살 수 있는 식품은 현지에서 장을 보는데 쌀을 300kg 샀다. 19명 대 부대이니 소 3마리와 양 1마리를 먹었다. 입맛을 잃으면 고산에서 힘을 쓸 수 없으니 먹는 데에는 아끼지 않고 썼다.

한국 원정대에겐 어딜 가든 빠질 수 없는 김치 수송 작전도 원정대에 겐 큰일이다. 파키스탄 이슬라마바드에서 배추 50kg, 무 30kg, 양배추 20kg을 사서 대원들이 다 달려들어 절이고 씻고 비비고 김장 수준으로 하루 종일 김치를 담근 일은 잊지 못할 추억이다. 김치는 베이스캠프 옆 빙하에 묻어두고 잘 먹었다.

고글, 스키고글, 안전벨트, 등강기, 하강기, 카라비너, 피켈, 삼중화(이 중화), 크램폰, 등산스틱, 우모복, 우모조끼, 플리스 재킷, 플리스 바지, 오 버재킷, 오버트라우저, 고소내의, 고소모, 오버미튼, 실크장갑, 모장갑, 우모장갑, 스키장갑, 게이터(스패츠), 침낭, 침낭커버, 매트리스, 배낭, 헤 드랜턴, 텐트 슈즈, 선크림, 립크림, 수통, 보온병, 카메라, 스카프(버프), 개인기록구.

이것에 한 사람에게 필요한 장비이다. 장비 목록을 보니 개인 장비 49종, 공동 장비로 등반에 필요한 장비 15종, 야영에 필요한 장비 10종, 취사에 필요한 장비가 60종, 포장과 수송에 필요한 장비, 산소, 의료품, 촬영구, 통신장비 등도 필수 장비이다. 공구나 수선구, 현지인들에게 지 급해야 할 의류, 장비 등까지 수량을 계산하면 식량보다 종류가 더 많 다. 원정을 갈 때 가장 많은 돈이 들어가는 장비. 일부는 후원을 받기 도 한다.

한편 취사구 목록에는 사용했는지 기억도 안 나는 콩나물 재배기, 절 구통, 숫돌 등의 아이템도 눈에 들어왔다.

그런가 하면 화투나 카드, 장기, 바둑 등 오락거리도 아주 중요한 장비 축에 들어갔다. 지금은 베이스캠프에 와이파이가 터지는 세상이니 즐길거리 걱정은 안 하고 가도 되겠다.

요즘은 뭘 갖고 가지?

1977년 한국 최초의 에베레스트 원정대는 짐의 양이 18톤이었다. 대원이 19명이었으니 1인당 거의 1톤의 짐을 가져간 것이다. 국민소득 1,000불 시대이니 이 정도의 짐을 준비하려면 국가적인 후원이 필요한 수준이라는 판단이다.

20년이 지난 1997년, 내가 참여한 원정 때는 19명 대원이 5톤의 짐이었다. 1인당 500kg 정도이니 짐의 양은 반으로 줄어든 셈이다. 상행 카라반 때의 포터는 200명. 원정대의 경비는 약 2억 원. 1인당 1천만 원. 1인당 국민소득이 12,000불 시대였지만 원정대는 경비를 마련하느라 대대적인 후원을 받아야 했다.

1977년과 1997년을 비교했을 때 1인당 짐의 양이 반으로 줄었다고 봐야 하지만 한국에서부터 수백 가지나 되는 짐을 대원들이 모두 준비하면서 등반보다 더 힘들 수 있는 일이었는데 이제는 호랭이 담배 피던 시절의 이야기가 됐다.

다시 20여 년 후인 2018년의 원정대는 놀랍도록 달라졌다. 2018년 K대학 산악회의 히말라야 원정보고서를 보니 세상이 바뀌었다. 한국에서는 각자 옷가지와 개인 장비, 꼭 먹어야 할 한국 음식 68종을 준비했다. 1인당 항공수화물로 허용된 짐에 카고백 5개가 추가되어 50여만 원의 오버차지를 지불한 것이 고작이다. 각자 자기 짐만 챙겨 출발하는 그림이다. 4인 공용 장비로 한국에서 준비한 것은 고작 은박매트, MSR리액터(스토브와 코펠의 일체형) 크기별 2종, 호스형 가스버너, 건전지, 반코팅 장갑, 손톱깎이세트, 여행용 티슈, 코인 티슈 등 9가지가 전부였다. 네팔에서 구하기 어렵다고 판단하여 준비한 아이템들이다.

원정대가 필요로 하는 의식주 용품들 나머지는 전부 현지 대행사가 준비했다. 베이스캠프까지만 가는 1인을 포함해 4명의 대원을 기준으로 포터 수는 고작 25명. 거기에 지불한 비용은 퍼미션(등반허가) 포함하여 4천여 만 원이다. 포터, 쿡 등 인건비와 산소통, 무전기, 텐트부터 주방식기 등 살림살이 일체까지 패키지로 다 준비를 해주니 참으로 편한 세상이 되었다. 1인당 들어간 비용은 1천만 원 정도로 비슷하지만 국민 소득 3만불 시대이니 그 정도면 충분히 내 돈으로 갈 수 있는 수준이다.

한편 현지 대행사에서 패키지로 준비를 해주는 이런 문화가 그렇게 놀라운 일은 아니다. 사실은 이미 1990년대에도 서양 사람들은 네팔에 빈몸으로 가서 등반 장비 일체를 빌리고 피켈 잡는 법, 크램폰 신고 눈 위에서 걷는 법 등 속성으로 등반 기술을 배우고는 에베레스트를 오르기도 했으니까. 전문 산악인이 아니어도 장비부터 모든 의식주를 지원받아 에베레스트를 오를 수 있는 상업등반대가 이미 1990년대부터 성행했다.

엘링 카게(Erling Kagge, 1963~)라는 노르웨이 사람은 세계 최초로 3극점을 밟은 탐험가로 유명하다. 1990년, 27세에 세계 최초로 스키로 북극점에 도착했고, 3년 뒤에는 혼자 걸어서 남극점까지 도달했다. 1년 뒤인 1994년 에베레스트 정상까지 성공하여 세계 최초로 3극점을 밟은 사람이 되었다. 당시 우리나라의 허영호 씨가 북극에서 엘링 카게와 경쟁하면서 1호가 될 뻔했으나 불의의 사고로 실패하고 훗날에야 성공해 2호가 되었다.

엘링 카게가 1995년 방한하여 화제가 되었는데, 당시 월간 『사람과 산』 기자와 인터뷰한 내용에 보면 자신은 전문 산악인이 아니면서 에베레스트를 올라갔기에 네팔에서 장비를 빌려서 속성 교육을 받고 에베레스트 정상에 섰다고 밝혔다.

산악부에서 잔뼈가 굳은 나 같은 사람은 수년 간의 혹독한 훈련을 하고 짐 준비부터 원정 준비에 최소 1년은 매달려서 공을 들여야 에베레스트행 비행기를 탈 수 있는 자격이 주어진다고 믿었는데 다소 힘 빠지는 사건이다. 하지만 도전하는 자에게 길은 열리나니 에베레스트는 이제 전문 산악인들만의 무대는 아닌 것이다.

포터가 2백 명

어느 원정대나 베이스캠프까지 짐을 나르기 위해서는 포터를 고용한다. 짐의 양에 따라 포터의 수는 달라지고, 대상지에 따라 사람 대신 당나귀나 말, 야크(히말라야의 소 종류) 등이 짐을 나르기도 한다.

97년 원정 때는 베이스캠프까지의 포터만 200여 명 이상을 고용했다. 포터 한 사람당 25kg 정도를 배당하니 5톤의 물량에 해당된다. 77년 한국 최초로 에베레스트에 오른 원정대는 무려 700명의 포터가 필요했다. 무엇을 하는데 이리도 많은 짐이 필요하냐고?

이들이 운반해야 할 것들이 등반장비, 취사구, 막영구, 식량, 연료, 통신장비, 산소, 의료품, 촬영구와 현지 고용인에게 지급되는 장비 등 수백 가지 품목에 이른다. 식량의 예를 들어보면 짧게는 한 달에서 길게는 두 달까지 산에 머물게 되므로 카라반 과정부터 베이스 식량, 고소 캠프 식량까지 식단표를 작성하여 국내 구매와 국외 구매로 나누어 구매

한다. 예상치 못한 악천후 때문에 등반기간이 연장될 수도 있고, 이렇게 준비한 식량이 막상 고산에서 고소증으로 먹히지 않으면 등반에도 영향을 주기 때문에 원정 경험과 여러 정보를 참고하여 넉넉하게 준비하게 된다.

물자의 양은 산의 크기와 원정대의 규모, 자금 능력에 주로 좌우되지만, 등반 스타일과도 관계가 있다. 등반 스타일에는 극지법(Polar Method)과 알파인 스타일(Alpine Style)이 있다.

극지법은 원래 북극과 남극의 탐험에 사용하는 방법으로 히말라야 고산 등반에 활용되고 있다. 베이스캠프를 두고 정상에 이르기까지 전진캠프를 하나씩 설치해가며, 식량과 장비를 수송하면서 올라가는 방식이다. 보통 8,000미터 봉우리는 베이스캠프 설치 후 정상에 오르기까지 한 달 가량 오르내리며 캠프 3~4개를 만들고, 짐을 나르고 고소에 순응하게 된다. 이 방식은 산소가 희박한 고소에서의 적응 능력을 서서히 높여가는 장점이 있으나, 많은 인원이 필요하고 기간도 한 달 이상 소요되므로 많은 물자를 수송해야 하며, 비용도 많이 든다.

알파인 스타일은 극지법 등반에 반대되는 개념으로 능력이 탁월한 등반가들이 히말라야의 고봉을 마치 유럽의 알프스 지역에서 등반하는 것처럼 소규모로 속공 경량 등반을 펼치는 것이다. 알파인 스타일 등반대는 적은 비용과 적은 물자를 쓰게 된다. 국제산악연맹이 규정한 알파인 스타일은 6인 이하의 소규모 원정대가 포터 없이 간단한 등반장비와 식량을 자신이 짊어지고 정상을 등반하고 내려오는 방식을 말한다. 또 보조 산소기구, 고정된 로프를 사용하지 않는 것이 원칙이다.

이 알파인 스타일은 극지법에 비해 적은 인원이 움직이므로 빠른 등반을 할 수 있다. 경비가 적게 들고 환경 오염을 최소화하는 장점이 있으나 체력과 등반 기술이 뛰어난 등반가들에 해당되는 등반 스타일이다. 오늘날 장비와 기술이 발달하고, 체력이 좋아지고, 정보 수집이 쉬워지면서 점차 알파인 스타일을 추구하는 산악인이 늘고 있는 추세이지만, 우리나라에서 8,000미터 봉우리를 알파인 스타일로 시도하는 등반대는 매우 드물다. 그만큼 어려운 일이라는 뜻이다.

다시 포터 이야기로 돌아와서, 웬만한 원정대는 포터 수가 워낙 많으니 관리도 이만저만 힘든 것이 아니다. 수십 명에서 수백에 이르는 포터를 일사불란하게 관리하는 일은 원정의 첫 고비이다. 포터들은 스트라이크를 일으키기도 하고 임금을 올려 받기 위해 이 트집 저 트집을 잡기도 한다. 산을 잘 올라가다가 중도에 짐을 던져놓고 주저앉으며 일당을 올려 달라는 스트라이크를 벌이게 되면 경험이 없는 원정대는 속수무책 당할 수밖에 없다. 어떤 원정대는 포터들이 스트라이크를 일으켜 원정 자체가 무산되기도 한다.

짐 무게와 처우를 놓고 포터와 협상에서 밀리지 않으려 기싸움이 다반사로 일어난다. 자기들 짐이 무게가 많이 나간다고 출발 직전에 짐 지기를 거부하는 일이 가장 일반적이다. 97년에는 카라반 중간쯤 한 두 사람이 자기 짐이 규정보다 무게를 초과한다고 문제를 일으켰는데, 다른 포터들까지 동조하여 200명의 짐을 전부 무게를 일일이 다시 재서 조정하느라 한바탕 난리가 났다.

그렇지만 포터들 덕분에 짐이 옮겨지니 잘 모셔야 한다. 그들은 25~30kg의 원정대의 짐 외에 자신들의 야영에 필요한 먹을거리와 취사도구, 침구류를 챙기니 30kg이 훨씬 넘는 짐을 진다. 하루하루 고도를 높이며 그날의 목적지에 도착하면 끼리끼리 모여서 저녁거리를 준비한다. 텐트 같은 것은 무게를 줄여야 하는 그들로서는 사치이니, 바람을 조금이라도 막아줄 돌담이나 움푹한 곳에 자리를 잡는다.

먹을 것이라곤 무게가 안 나가고 저장성이 좋은 간단한 식량 정도다. 밀가루를 반죽해 불에 구워 호떡처럼 얇고 넓게 만든 짜파티에 차 한 잔으로 식사를 해결하고, 바람과 서리 등을 막아줄 비닐 같은 것을 덮고 한뎃잠을 청한다. 새벽녘에 보면 비닐 아래에서 주섬주섬 일어나 아침식사를 간단히 하고 원정대보다 먼저 출발한다. 원정대들이 걷다보면 중간 중간 쉬어가는 그들과 앞서거니 뒤서거니 걷게 된다.

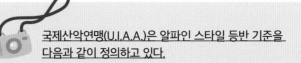

국제산악연맹(U.I.A.A.)은 알파인 스타일 등반 기준을 다음과 같이 정의하고 있다.

첫째, 원정대원은 6명 이내로 조직해야 하며,

둘째, 등반용 로프는 팀당 1~2동을 사용해야 하며,

셋째, 고정로프는 사용하지 말아야 하며, 다른 등반대가 설치한 루트상의 고정로프도 사용하면 알파인 스타일 등반으로 인정받지 못한다.

넷째, 사전에 행해지는 정찰 등반이나 루트 찾는 것조차 금하고 있으며,

다섯째, 포터나 기타 지원조의 도움을 받지 않고, 산소 기구를 휴대하거나 사용하지 않는 등반 행위를 말한다.

- 출처: 국제산악연맹(U.I.A.A.)

루트 개척이란?

등반을 위해 제일 먼저 하는 일은 루트 개척이다. 만년설이 쌓여 있는 곳이니 길이 나 있는 것이 아니라 시즌에 모인 팀들이 루트를 개척한다. 베이스캠프에서 정상까지 짧으면서도 안전하게 올라가는 선을 찾아 잇는 것이 핵심이다.

눈이 내려 길이 사라지고, 눈사태가 일어나거나 빙하가 아래로 조금씩 이동하면서 지형이 계속 변하므로 처음에 개척한 루트가 사라지거나 건너갈 수 없는 길이 되어버리기도 한다. 그때마다 새로운 길을 뚫고 나가야 한다. 사방이 흰색뿐이므로 길을 표시하기 위해 긴 막대 끝에 빨간 천을 단 표식기를 일정한 간격을 두고 꽂아 놓는다.

위험한 구간에는 로프를 고정 설치하여 오르내릴 때 이용한다. 눈사태나 얼음 폭탄이 쏟아지거나 곳곳에 크레바스(crevasse)가 널린 곳일 수도 있고, 언제 붕괴될지 모르는 세락(seracs)[6] 지대를 통과해야 하는 경우도 있다. 급경사, 단단한 청빙지대, 잘못 미끄러지면 수천 미터 아래로 떨어져 시신조차 찾을 수 없는 절벽 지대 등에는 고정로프가 생명줄이 된다. 하산 길에 체력이 고갈되거나 기상 악화로 시야가 안 보이거나 발을 헛디딜 경우에도 고정로프가 있다면 죽음으로의 추락을 막아준다.

루트를 개척했다고 계속 위로만 올라가는 것은 아니다. 베이스캠프에서 정상까지는 높이 차가 3,000미터 이상이고, 고산의 험난함과 산소 부족 등으로 3~4개의 고소 캠프를 만들면서 고도를 높인다. 고소캠프에 올릴 짐을 옮기기 위해 몇 번씩 오르내리기도 한다. 이렇게 캠프 하나가 만들어지면 그 위의 캠프를 설치하기 위해 같은 과정을 반복한다.

대부분의 극지법 등반에서는 고소 캠프를 설치하고 식량과 등반 장비를 나른 후에는 고소에 적응하기 위하여 다시 아래쪽의 캠프로 내려온다. 위쪽 캠프에 올라간 대원은 고소순응을 위해 최소 2시간여 머물고 아래로 내려오는 것이 원칙이다. 잠은 반드시 아래 캠프로 내려와서 자고 다음번에 올랐을 때는 잠을 자면서 적응한다. 고도를 올린 후에 바로 잠을 자게 되면 우리 신체가 고소에 적응을 하지 못하여 위험한 상황이 생기며 목숨을 잃기도 한다. 그래서 자기의 최고 높이를 기록한 후에는 반드시 아래 캠프로 고소를 낮추었다가, 다시 고소를 올리면서 천천히 고소 적응을 하는 것이 일반적이다. 때문에 캠프 하나 설치에 보통 일주일 이상씩 걸리며 베이스에 도착한 이후 정상 등정까지 길게는 약 20일에서 30일 정도 걸리는 것이 보통이다.

고소 캠프 설치와 물자 수송에는 거의 전 대원이 역할을 분담하게 되

---

6 빙하 상에 생기는 빙탑을 말하며 빙하의 붕괴로 생김. (김성진,1990)

는데, 이 과정에서 수차례 캠프 사이를 오르내리느라 체력 손실이 많다. 모두가 힘을 합쳐 길을 뚫고 고소 캠프를 설치하고 짐을 올렸지만, 정상에 오를 체력이 되고 고소 적응이 잘된 일부 대원만 오르게 된다. 97년 원정에서 19명의 대원 중 가셔브룸1봉에 3명이 올랐고, 가셔브룸2봉에 7명이 올랐다. 정상에 선 것은 일부지만 전체 대원의 헌신적인 노력을 딛고 올라간 것이다. 등정하는 비율은 대상이 되는 산마다, 팀마다 다르겠지만 팀 전체가 정상을 가는 것이 아니라 힘이 좋은 대원 한 명이라도 정상에 서면 등반 성공으로 친다.

보통 8,000미터 가까이에 위치한 마지막 캠프4에서 오래 머무는 것은 생명에 지장을 초래할 위험성이 있다. 8,000미터 이상은 산소가 희박하여 인간이 살아갈 수 없는, 오래 머물다가는 생명이 서서히 꺼지고야마는 지대라서 산악인들은 이곳을 '죽음의 지대'라고 표현한다. 이 지역은 가능한 최소한만 머무는 것이 안전하다. 그래서 정상 공격 전날 마지막 캠프에 올라간다. 정상을 오르고는 가능하면 캠프4보다는 더 아래로 내려가는 것이 회복을 위해 유리하다. 하지만 날씨가 나빠지면 하루 이틀 정도 더 캠프4에 갇히게 될 수도 있다.

등반은 정상 등정이 성공이 아니라 베이스캠프까지 돌아와야만 성공이다. 엄밀히 말하면 원정의 목적은 집까지 무사히 돌아오는 것이다.

히말라야 원정대의
베이스캠프 생활

베이스캠프는 보통 5,000미터 정도에 위치하며, 베이스캠프까지는 일반인들도 트레킹으로 갈 수 있다. 에베레스트나 안나푸르나 베이스캠프까지 가는 트레킹 코스는 가장 인기 있는 코스인데, 네팔로 트레킹을 떠나는 한국 사람들이 2019년에 약 2만 명에 달했다.

트레커는 베이스캠프까지만 갔다가 되돌아 내려오지만, 원정대에게 베이스캠프는 한 달 반 정도의 보금자리다. 여러 나라에서 온 수십여 개 팀이 텐트촌을 형성하기 때문에 선발대를 먼저 보내 좋은 자리를 선점하기 위한 경쟁도 치열하다.

베이스캠프에 도착하게 되면 대원들이 등반기간 동안 머물 텐트와 식당텐트, 장비텐트, 식량텐트 등을 세운다. 원정대의 크기나 나라마다 문화 차이가 있어 베이스캠프에 설치하는 살림살이도 다르다. 외국 원정대는 야외용 접이식 침대, 식탁과 의자를 놓아 입식 생활을 하기도 하고

간이 샤워장을 세우는 등 럭셔리 베이스캠프를 구축하기도 한다. 한국 원정대는 일반적으로 좌식으로 베이스캠프를 꾸민다. 다이닝텐트에는 한국처럼 밥상을 놓고 바닥에 앉아 식사를 한다.

베이스캠프가 완성되면 본격적인 등반을 위한 준비에 돌입한다. 우선 포터를 통해 운반한 짐들을 각 텐트별로 정리한다. 흔히 원정대는 등반에만 매달릴 것이라 생각하지만 실제로는 등반이 차지하는 비율보다 등반을 위한 준비에 더 많은 시간이 필요하다. 각 캠프별 필요 물자를 계산하고 일정에 맞게 수송하는 것은 마치 군대의 병참술[logistics]처럼 복잡하고 중요한 일이다.

길을 개척하며 고소 캠프를 설치하고 식량과 장비를 올린다. 고소에 순응하기 위해 각자 최고의 높이에 올라갔다 두 시간 이상 머물고 내려오거나, 적응이 되면 그 높이에서 하루 밤을 자고 내려온다. 날씨가 안좋을 때는 베이스캠프에 내려와서 좋은 날씨가 오기만 기다린다.

베이스캠프는 무전기와 위성전화, 인터넷 등을 통해 기후 변화 등의 정보를 체크하고, 끝없는 전진과 후퇴를 거듭하고, 이 모든 복잡한 일들을 동시에 해내면서도 최상의 컨디션을 유지하기 위해 식사와 운동을 조절하고, 하염없이 기다리는 공간이다. 베이스캠프에서 고소순응과 좋은 날씨를 기다리느라 며칠을 묵는 동안에는 할 수 있는 소일거리가 별로 없다. 요즘에는 인터넷이나 전기 사정이 좋아 오락거리가 다양하지만 20년 전에는 카드 게임, 바둑이나 독서 정도였다. 실내에서 하는 활동이 지겨워지면 밖에 나가 팀을 나눠 간단한 게임으로 몸을 풀기도 한다. 또 베이스캠프에 머무는 동안에는 이웃에 위치한 다른 나라 원정대원들과 친해져서 국제적인 친분을 쌓기도 한다.

캠프1, 캠프2 등 위쪽으로 올라갈수록 고소증과 체력 소모도 커지고 모든 환경이 불편하기 때문에 베이스캠프로 내려오는 것만으로도 고소증이 완화되고, 심리적인 안정감을 찾을 수 있다. 쾌적하고 안전한 곳이지만 때로는 큰 눈사태가 발생하여 베이스캠프를 덮치기도 하여, 반드시 안전하기만 한 곳도 아니다.

본인의 체력과 정신적인 안정을 유지해야 하고 원정대의 좋은 분위기를 만들기 위해 애써야 하지만 날씨가 계속 안 좋으면 하염없이 기다리면서 지치기도 한다. 베이스캠프는 어디를 둘러봐도 풀 한 포기 없는 황량한 곳일 경우가 많아서 단조로운 환경 때문에 신경이 날카로워지고 대원들 간의 갈등이 심해지기도 한다.

고소 캠프에 올라가면 고소증으로 소화도 안 되고 식재료도 충분하지 않아서 잘 먹지 못 하므로 베이스캠프에 머물 동안은 잘 먹고 잘 쉬면서 등반을 위한 체력을 보충하는 것이 가장 중요하다. 아무리 뛰어난 대원이라도 먹는 것이 부실하면 버티기 어렵다. 고소에서는 국내에서 잘 먹히던 음식이 안 먹히는 경우가 많다. 무엇이 입에 맞는지는 사람마다 다르기 때문에 본인의 경험이 없다면 국내 훈련에서 테스트한 음식을 다양한 기호에 따라 준비한다. 그래도 식량을 무한대로 준비할 수 없기에 공통적인 식량 준비가 우선이고 원정대마다 특별식을 비장의 무기로 준비한다. 홍어나 굴비, 옥돔, 갈치, 고등어 같은 음식을 베이스캠프까지 올리는 팀도 있다. 특급 수송 작전이 필요한 일이지만 오랜 원정에 지친 대원들의 사기를 올려주기에 이런 특별식만 한 게 없다.

가공식품이 아닌 신선식품이 가장 잘 먹히기에 신선식품을 냉장고도 없이 베이스캠프까지 수송하는 데에 각 팀들의 노하우가 총동원된다.

원정 중간에 고기류나 신선식품들을 밑에서 보급하기도 한다.

뭐니뭐니해도 한국 원정대에 있어 가장 중요한 것은 김치 수송 작전이다. 한국에서 화물로 보내고 베이스캠프까지 올라가는 그 긴 시간 동안 김치가 덜 익게 하려면 상당한 노력이 필요하다. 그래서 그 나라에 도착해서 김치를 담그는 방법을 많이 택한다. 97년 원정 때 이슬라마바드에서 산 배추와 무로 전 대원이 매달려 두 달여를 먹을 김치 담그는 일은 김장을 방불케 했다. 그 김치를 베이스캠프에서 빙하에 묻어놓고 아껴 먹었다.

베이스캠프 주변에 눈이나 빙하가 존재하면 천연 냉장고로 활용할 수 있지만 그렇지 않은 경우에 냉장고 없이는 신선식품을 장기간 보관하기는 어렵다. 베이스캠프에는 전기가 없지만 팀에 따라서는 발전기를 돌려 전기를 사용하기도 한다. 컴퓨터나 인터넷을 하기도 하고 빔프로젝터로 영화를 볼 수도 있다. 그런데 어느 해 중국 쪽의 에베레스트 베이스캠프에는 김치냉장고를 올린 팀이 있다는 소문을 들었다. 그만큼 한국원정대는 김치를 사수한다는 표현이 어울릴 정도로 그 높이에서도 김치에 많은 공을 들인다. 김치 없는 원정은 실패라고 해도 과언이 아니다.

크레바스가 크면 사다리를 놓기도 한다. ▶

정상 등정을 인정받는 법
- 이 무당벌레가 네 것이냐?

예지 쿠쿠츠카와 라인홀트 메스너 중에 누가 먼저 14좌를 다 오르는가는 세기의 대결이었다. 라인홀트 메스너가 먼저 올랐으므로 1인자는 될 수 없었지만, 2인자로서 새로운 루트 개발 또는 동계 등반으로 더 어렵게 고산을 오르며 자존심을 건진 예지 쿠쿠츠카!

그런데 그가 1981년 마칼루를 어려운 서북릉으로 단독으로 오르는 엄청난 등반을 해놓고도 악천후에 사진을 남길 수 없었다. 아무도 못 보았으니 누가 증명해줄 것인가? 설상가상 쿠쿠츠카의 원정대에게 불만이 있었던 정부 연락장교가 등정을 인정할 수 없다고 트집을 잡았다. 한 봉우리 때문에 14좌 완등을 인정받지 못하면 얼마나 억울한가?

그런데 그를 구해준 것은 무당벌레 장난감이었다. 사진을 못 남기는 대신에 그는 정상 바위 위에 놓인 피톤들 옆에 아들 장난감인 플라스틱 무당벌레를 남겨두었다. 아들의 장난감을 마스코트로 품고 올랐던 것이다. 그리고 8개월 뒤 82년에 우리나라의 허영호 대장이 정상에 올라 그 플라스틱 무당벌레를 가지고 내려오면서 쿠쿠츠카의 등정도 증명이 됐고, 그것을 가지고 내려온 허영호 대장도 정상에 오른 것이 입증됐다. 마침 허영호 대장 역시 기상 악화로 촬영이 불가능했기에 이 무당벌레 마스코트는 두 사람에게 행운을 가져다준 셈이다.

정상에 남기고 온 물건으로 증명된 예는 더 오래된 역사에도 남아있다. 1953년 낭가파르바트에 최초로 그것도 단독으로 오른 헤르만 불은 피켈에 깃발을 묶어 촬영을 했다. 셀카가 어렵던 시절이었으니 자신의 모습은 담지 않았다. 그런데 피켈을 정상에 두고 내려오는 바람에 46년 간 등정 의혹에 휘말렸다. 다행히 1999년 일본 산악인이 정상에서 그 피켈을 발견하고서야 인정받게 됐다.

고산 등반의 기록은 역사에 남는 경우가 많다. 초기 히말라야 등반시에는 국가의 명예를 걸고 경쟁적으로 올랐고, 점차 개인적인 의미를 추구하는 작은 원정대로 변화하고 있지만 그럼에도 최고봉 등정, 14좌 완등, 최초, 최다 등의 타이틀에 도전하는 현상은 아마 없어지지 않을 것이다.

굳이 기록이 필요하지 않은 사람은 가고 싶은 만큼 오르고 내려오면 그만이지만 기록이 필요한 사람은 증명이 필요하다. 정상에 오른 증명이 불충분하여 등정 시비에 휘말려 도덕성이나 명예가 실추되거나 곤욕을 치른 사람들도 많다. 또는 환멸을 느끼고 산을 등진 경우도 있다.

사진을 남기지 못하여 엄청난 등반을 하고도 인정받지 못한 사건이 있다. 1984년 은벽산악회의 여성 대원이 안나푸르나 동계 초등에 성공, 세계 산악계를 놀라게 했다. 이 등반은 여성 최초이자 동계 최초의 등정이었다. 그러나 셰르파 2명이 추락사할 때 카메라를 분실하면서 등정 의혹을 사기 시작했다. 결국 세계 최초의 안나푸르나 동계 등반이라고 대서특필됐다가 여러 증언으로 정상을 가지 않은 것으로 결론이 나면서 세계 최초의 동계 등정 타이틀은 물론, 여성 최초의 등정 기록도 없던 일이 됐다. 그리고 한국산악사에 더 큰 업적을 남길 수도 있었던 이 여성 산악인은 산을 떠나고 만다.

등정을 증명하는 방법은 여러 가지가 있다. 앞의 사례처럼 물건을 놓고 오거나 가지고 내려오는 것, 목격자의 증언, GPS로 자신의 등반루트와 정상 좌표를 저장하는 방법 등이 있지만 가장 일반적이고 확실한 방법은 사진을 남기는 것이다. 요즘은 동영상을 찍기가 간편하니 가장 확실한 증거가 될 것이다.

사진찍기는 가장 쉬운 방법이기도 하지만 때에 따라서는 운명적인 실수도 많다. 에베레스트를 처음 오른 힐러리도 자신의 사진은 없고 그가 셰르파 텐징 노르게이를 찍은 사진만 존재한다. 나도 2004년 안데스의 와스카랑이라는 봉우리에 섰을 때 먼저 동료를 찍어주고 나도 깃발을 들고 카메라 앞에 섰는데 무슨 이유에선지 안 찍혔다. 그래서 내 정상 사진은 없다.

정상 사진이나 동영상 자료를 해당 국가의 관광성에 제출하고, 인터뷰를 거치면 '등정 인증서'를 받게 된다. 사진은 정상임을 알 수 있는 배경과 지형지물, 각도를 생각해서 찍어야 한다. 등반에는 관중도 심판도 없다고 하지만 이제는 인터넷으로 전 세계가 연결되니 전 세계가 관중이요 심판인 셈이다. 등정 사진은 만천하에 공개되니 정상인지 아닌지를 놓고 엄격하게 판정이 내려진다.

우리나라의 유명한 산악인들도 정상 사진이 의혹을 받아 올랐던 봉우리를 다시 올라야 했다. 2000년 한국 최초로 14개 완등자로 보도되었던 엄홍길 대장과 2001년 완등해 두 번째였던 박영석 대장의 경우다. 엄홍길 대장의 두 개 봉우리가 등정 시비가 일어 다시 오르는 바람에 박영석 대장이 첫 번째 한국인 완등자로, 엄홍길 대장이 두 번째로 정정된다. 박영석 대장도 1997년에 오른 로체를 2001년 다시 등반해야 했다.

그런가 하면 오은선 대장은 14좌를 완등하고 칸첸중가 등정 사진의 진위 여부를 놓고 정상이라고 보기 어렵다는 판단이 많아 '논란 중'이라는 단서가 붙어 있다. 주변 사람의 증언으로 인정되는 경우도 있으나 같이 올랐던 셰르파 둘의 말이 일치하지 않아 더 시끄러웠다. 세계 최초 여성 완등자 타이틀을 놓고 경쟁하던 스페인의 에르두네 파사반과 오은선의 불편한 스토리는 전 세계 산악인들의 뜨거운 관심을 받았다.

정상인 줄 알고 사진을 찍어 왔으나 나중에 아닌 것으로 판정되면서 솔직하게 인정하거나 뒤늦게 양심선언을 하는 경우도 있다. 1996년 시샤팡마 중앙봉을 주봉으로 잘못 알고 오른 박정헌은 뒷날 자신이 오른 곳이 주봉이 아니라는 것을 깨끗이 시인했다.

히말라야 높은 봉우리에는 심판이나 관중이 없다. 자기 스스로 증명해야 한다. 골프 경기처럼 자기 스스로 양심적으로 기록해야 하는 것이다. 목숨 걸고 오른 정상을 의심받거나 안 간 것으로 결론나면 기록에 연연하지 않았더라도 맥이 빠지고 영혼에 상처를 받을 일이다. 전문 산악인이라면 정상 증명을 스스로 할 수 있도록 만반의 채비를 하여야 할 것이다. 백업도 필요하고.

히말랴야에서
살아남기

_ 라인홀트 메스너(Reinhold Messner, 1944~)

"나는 에베레스트를 정복하려고 오르지 않았다. 그랬으면 성공을 보장받기 위해 쓸 수 있는 모든 기술을 동원했으리라. 나는 그저 이 자연의 최고 지점에서 자기 자신을 체험하고 싶었다. 그리고 가능하다면 에베레스트의 장대하고 준엄한 모든 것을 내 팔에 안고 싶었다. 이런 일을 산소마스크의 힘을 빌려서는 하지 못한다. 나는 유토피아에서 한번 살아보고 싶었을 뿐이다. 나의 유토피아는, 의사와 물리학자, 등반가들의 논쟁의 초점이던 8,848미터의 에베레스트 무산소 등정, 바로 그것이었다."

베이스캠프 옆의
냉동 인간

내가 원정에서 처음 죽음을 목격한 것은 1997년 가셔브룸 등반 때이다. 베이스캠프 바로 옆 빙하에 반쯤 얼음에 묻힌 오래된 시신이 방치되어 있었다. 시신의 옷차림과 사고기록들을 유추하니 70년대 일본 팀 대원이었다. 아마도 그 대원은 훨씬 더 높은 데서 추락했는데 시간이 많이 흘러 빙하가 녹으니 베이스캠프까지 서서히 흘러내려온 것이다.

도시에서라면 금방 수습이 되겠지만 몇 개 원정대만 들어와 있는 산악지대에서는 발굴도, 운반도, 보관도 쉽지 않은 일이라서 아무도 손을 못 대고 얼음 위로 노출된 반쪽을 천으로 덮어 놓았다. 일본에서 가족들이 와서 수습하기 전까지 그대로 놔둘 수밖에 없었다. 그 옆을 지나칠 때마다 안 보려고 고개를 애써 돌려봐도 늘 신경이 쓰였다. 고인의 명복을 빌고 빨리 수습되기만을 바랄 뿐.

한국의 유명한 산악인 박정헌이 K2 등반 중에 시간이 날 때마다 틈틈이 사보이 빙하라는 곳까지 정찰을 다니며 목격한 내용이다. 에베레스트 다음으로 높은 K2는 다른 산과 달리 유독 산의 하단부 이곳저곳에 사람 옷가지 같은 게 많이 널려 있어서 가까이 가보면 그것들은 모두 사람 시체들이었다고 한다. K2를 오르던 어느 나라 등반가였을 그들은 수천 미터를 추락하여 여러 조각으로 분해된 채 제멋대로 나뒹굴고, 몸체 없는 팔과 다리, 죽은 지 족히 40~50년은 됐을 법한 하얀 백골들이 여기저기 뒤엉켜 있었다고 한다.

에베레스트는 수십 년 된 200여 구의 냉동 시신이 있는 것으로 알려져 있는데, 사람들이 오르내리는 바로 옆에 그대로 드러나 있는 시신도 있다. 최근 지구 온난화로 인해 빙하와 눈이 빠르게 녹으면서 많이 발견되고 있다.

우리나라에서 개봉한 영화 〈히말라야〉의 실제 스토리는 에베레스트 정상 아래에서 사망한 후배들의 시신을 수습하러 가는 이야기다. 실제 휴먼 원정대가 시신을 만났으나 너무 위험한 상황이라 아래까지 데리고 오지 못하고 그곳에 잘 수습해주었다.

어느 누구도 그 높은 곳에서 과거의 죽음을 수습하기는 쉽지 않다. 여러 가지 난관이 있는데 첫 번째는 작업의 어려움 때문이다. 산소 부족과 험난한 지형 탓에 자기 몸 하나도 살아 내려오기 어려운 곳이니, 눈 속에 얼어붙은 시신을 발굴하는 작업도 어렵고, 이동에도 여러 명이 달라붙어야 하기 때문에 목숨을 걸어야 하는 무척 힘든 작업이다.

네팔산악연맹 회장을 했던 앙 체링 셰르파는 "정상 부근인 해발 8,700미터 지점에서 발견된 꽁꽁 얼어붙은 시신의 무게가 150kg이나 됐고 까다로운 위치에서 발견돼 이동 작업이 무척 힘들었다"고 밝혔다.

두 번째로는 비용의 문제다. 일반적으로 시신 이동 등 처리에 드는 비용은 4만~8만 달러(약 4천500만~9천만 원) 수준이다. 시신 수습을 원치 않는 가족이나 동료도 있다. 단지 비용 때문만은 아니고 다양한 사연이 있을 것이라고 짐작한다.

세번 째는 수습하지 않는 것이 그 산악인에 대한 예의라고 생각하는 것이다. 자신이 원하던 등반을 하다 산의 일부가 된 것이고, 그 자리가 명예로운 무덤이라고 생각하는 것이다.

1924년 제3차 영국 에베레스트 원정대에 참여하였다 실종된 조지 맬러리라는 영국 산악인이 있다. 기자가 에베레스트를 왜 오르느냐고 물었더니 "산이 거기에 있어서(Because it is there.)"라는 유명한 말을 남긴 사람이다. 정상을 수백 미터 남긴 채 북동쪽 산등성이 부근에서 목격된 후 실종되었기 때문에 그가 인류 최초로 에베레스트 정상을 밟았는가 수수께끼로 남아 있었다.

그런데 75년 만인 1999년 국제 탐색대가 그를 발견한다. 그들은 유품 일부를 수습하고 맬러리의 주검에 돌을 얹어 무덤처럼 만들어주었다. 오랜 세월이 흐르면서 맬러리의 주검은 실질적으로 에베레스트 산비탈의 일부가 되어버렸고, 등반의 역사가 됐기 때문이다. 이를 옮기는 것은 역사에 끼어드는 행위라고.

산이 좋아 산에 미쳐 산을 탔던 산악인이 그 산에서 숨진 것은 어쩌면 운명일지도 모른다. 어느 작가가 마지막 순간까지 글을 쓰다 죽는 것이 소원이라고 했다는데, 내가 아는 어느 산악인은 '등반가는 산에서 죽는 것'이라고 했고, 그것이 예언이 되어 지금 히말라야에 묻혀 있다.

이렇게 고산 등반 중에 시신을 목격하거나 타인의 죽음을 접하는 것은 흔한 일이며, 자기 자신도 죽음의 문턱까지 이르기도 한다. 8,000미터에서 삶과 죽음은 종잇장 한 장 차이라고도 할 수 있다. 등반가는 등반을 떠나기 전에 죽음을 어느 정도는 예견하고 간다는 것을 내 주변 산악인들과 이야기하며 알게 되었다. 만약 못 돌아오면 어쩌나 하는 생각 때문에 마음이 편치 못하고, 어느 정도는 각오를 하고 간다고 볼 수도 있다. 물론 모두가 그렇다고 말할 수는 없겠지만.

　대한산악연맹이 2005년에 펴낸『산악연감』에 의하면 2004년 말까지 히말라야로 등반한 한국 원정대 413개 팀 중 52팀이 사망 사고를 당하여 사망사고율은 13퍼센트에 달한다. 에베레스트에 이어 두 번째로 높은 산이지만 험난하여 난이도에서는 최고봉이라는 K2의 사망률은 에베레스트의 두 배에 달한다. 2002년 12월을 기준으로 K2 등정자 198명 중 53명이 등반 중 사망하여 사망률은 26퍼센트, 즉 다섯 중에 한 명은 사망한 셈이다.

자기 목숨은
자기가 지킨다

우리나라 모 여행사 모객 광고 중에 이런 문구가 있었다.

'임자체 피크 등정 중 불의의 사고에 대해서는 당사가 책임을 지지 않습니다.'

이 문구는 심각한 문제가 있다. 종종 가이드를 동반한 등산 상품에서 사고가 나면 법적 공방이 벌어진다. 사고의 원인이 누구에게 있는지는 정확히 따지기 어려울 수 있다. 광고를 이렇게 내고 고객을 모집하는 여행사는 책임을 회피할 방도로 이런 무책임한 문구를 공지하는 것 같아 씁쓸하다.

요즘은 전문 등반가의 영역이라 여겨졌던 히말라야의 트레킹피크 등반 정도는 여행사 모집 등반대를 통해 갈 수 있는 시대가 됐다. 에베레스트를 올라가고 싶은 사람들을 모아 정상까지 올려주는 여행사가 등장한 지 오래다. 우리나라에서는 임자체(6,189m)와 메라피크(6,461m) 등

주로 6,000미터 급의 봉우리들이 '트레킹피크'라는 이름으로 여행 상품화되었다. 일반 산행을 하던 이들도 소위 '산악회 대장'을 따라 해외의 더 높은 산에 욕심을 내보기도 한다.

그런데 여행사 상품으로 가이드를 대동한 팀들이 백두산, 몽블랑 등에서 사망 사고를 냈다. 백두산 사고는 비바람 속에 장시간 등산하다 저체온증에 의한 심장마비와 번개에 의한 사망 사고였다. 몽블랑은 추락 사고.

필자도 백두산 산행에서 계속 비를 맞고 산행을 하다가 저체온증이 온 남자 중학생이 있어 옷을 덧입히고 초콜릿을 먹이고 쥐가 난 다리를 풀어주고 어렵게 하산한 경험이 있다. 북파에서 서파로 종주산행 중이었는데 비바람이 거셌다. 그 학생은 면바지에 면 티셔츠 차림이었고 현지에서 산 천 원짜리 우비를 입었으나 옷이 다 젖었었다. 그 학생이 자꾸 다리에 쥐가 나는데도 부모는 저체온증이라는 위험을 인지하지 못했다. 2010년 여름 사망 사고가 난 백두산에서도 비슷한 상황이었다.

노멀루트에 의한 몽블랑 등정은 좋은 컨디션이라면 큰 탈 없이 오를 수 있다. 그러나 5,000미터에 가까운 이 봉우리는 노멀루트라고 결코 얕잡아 볼 대상은 아닌데, 빙설벽 등반 경험이 없는 사람들, 심지어 자기 크램폰도 못 차는 사람들이 현지에서 하루 이틀 짧은 시간을 내서 로프와 피켈 사용법, 크램폰 착용법 등만 훈련해서 정상을 다녀오기도 한다.

낮은 높이의 몽블랑에서 8,000미터보다 더 많은 사람이 죽는다는 사실은 잘 알려지지 않은 것 같다. 실제 국내 모 여행사에서 전문 산악인과 함께한 몽블랑의 가장 쉬운 구떼루트 등반 중 추락사가 발생했었다.

전문 등반을 하던 산악인들도 예외가 아니다. 몽블랑이나 마터호른 쪽에서 거의 해마다 사망 사고가 들려온다. 2017년 대학산악부 두 젊은 이가 몽블랑에 도전했다 한 사람이 사망하는 사고가 있었다. 눈보라가 심한 악천후 속에 아무도 올라가지 않는 몽블랑을 둘이 개척하며 오르다 크레바스에 빠졌다. 추락 당사자는 실수로 안전벨트를 빠뜨리고 와서 맨몸에 줄을 묶었다는데, 프랑스 현지 뉴스에서는 그것이 원인이 돼 질식사했다고 발표했다.

2000년 여름에도 몽블랑에서 전문 등반가 한 사람이 사망했다. 등정하고 하산하던 중 한 명이 죽고 한 명이 구조된 사건인데 어처구니없는 사고였다. 7월 26일 몽블랑 코스믹 산장을 출발한 그들은 중간에 설동을 파서 비박하고 27일 정상을 올랐다. 그런데 오후부터 가스가 잔뜩 끼고 천둥 번개를 동반한 눈보라가 휘몰아쳐 길을 잃었다. 설동을 파고 대피했으나 등반 차림 그대로 추위에 떨어야 했다. 정상이 보이자 배낭을 벗어두고 올랐는데 내려올 때는 벗어둔 배낭을 찾을 수가 없었던 것이다. 날씨는 더욱 더 나빠져 28일 하루 내내 탈출하지 못하다가 오후에 한 사람이 숨을 거두었다. 남은 한 사람은 그날 밤 한 번 더 처절한 비박을 이겨내고 29일 아침, 설동에서 나와 영국 산악인에 의해 구조되었다.

그런데 2017년 히말라야 임자체에서도 배낭을 벗어두고 올랐다가 하산 길에 동상이 걸리고 손가락을 자른 사례가 있었으니 이제부터라도 배낭을 벗어놓고 올라간다는 것은 중대한 실수임을 알아야겠다.

일본의 산은 가까워서 국내 산악동호회에서 등산을 많이 간다. 일본은 알프스보다는 낮은 산이지만 만만히 볼 산이 아니다. 2013년 7월 29

일 부산의 산악회 소속 60~70대 15명이 폭우 속에 중앙알프스 호켄다케(2,931m)를 향하던 중 저체온증과 탈진으로 3명이 사망하고 1명이 추락사했다. 2017년 5월 초 일본알프스 야리-호타카다케에서 홀로 산행을 하던 50대 한국인 남성이 실종됐다. 그 외에도 일본에서 조난당하는 사례가 많다.

일본알프스는 극한 기후조건으로 인해 제대로 된 등반이나 종주가 가능한 것은 연중 세 달 정도에 불과하다. 눈이 늦게까지 쌓여 있기 때문에 산장도 대부분 5월~10월 사이만 운영하며 산행도 7월 중~10월 초까지가 좋다. 또 여름이라고 해도 잔설이 남아 있는 구간이 있고, 해발 2,500미터 이상에서는 기온도 상상보다 훨씬 낮다. 기상이 급변하고 일기예보에서는 매일같이 벼락주의보가 발령된다. 특히 3,000미터의 산에서는 벼락 때문에 사망사고도 일어난다. 탈진 상태에 빠지거나 비를 맞은 후 강한 바람에 체온이 떨어지는 상황에서는 저체온증이나 동사의 위험이 크다. 그래서 여름이라 해도 일본인들은 상의, 하의가 분리되는 고어텍스 소재 방수방풍 의류를 준비하는데, 한국인의 경우 오버트라우저(방수방풍 덧바지)를 가지고 가는 사람이 거의 없다.

"내가 트레킹으로 5천 미터를 갔다 왔으니 4천 미터 몽블랑은 쉽게 올라가겠지요?"라고 묻는 사람을 봤다. 해외 산행 경험이 부족하기에 높이로 모든 것을 따진다. 그러나 '높으면 어렵고 낮으면 쉽다'는 생각은 틀렸다. 트레킹과 달리 정상 등반은 자연적인, 인위적인 불확실성과 위험이 도처에 있다. 게다가 날씨나 등반 루트의 조건이 성패를 좌우한다고 해도 틀린 말이 아니다.

8,000미터를 수없이 오른 어느 산악인은 "산의 정상은 4,000미터이든

8,000미터이든 다 어렵다"고 했다. 정상 부분은 다 피라미드라서 위험하기는 똑같다는 뜻이다. 그것을 알기에는 경험이 제일 좋은데 그 한 번의 경험이 마지막이 되는 불행한 일이 일어난다.

고산 등반의 무대는 스키장이 아니다. 자신의 안전과 목숨은 스스로 지킬 수 있는 지식과 기술, 체력이 뒷받침되어야 한다. 두 다리로 장시간 걸을 수 있는 체력은 충분조건일 뿐이고, 만일의 위급 상황에서 자력으로 대처할 수 있는 경험과 능력이 필수조건이겠다. 만년설산을 오르려면 최소한 한국의 겨울 시즌에 등산학교 설상반이라도 졸업하고 가야 한다.

희박한 공기

베이스캠프에 도착해서 짐을 정리하다보니 라면 봉지, 커피믹스, 초코파이 등 봉지에 들은 것들은 죄다 빵빵하게 부풀어 있다. 봉지 안에는 질소가 충전되어 있는데 1기압인 상태에서 제조됐기 때문에 기압이 낮은 곳에 오니 부풀어오른 것이다. 풍선이 하늘 높이 올라가서 기압차 때문에 터지는 현상과 같다.

그런 현상은 사람들에게도 닥친다. 사람의 몸도 붓는다. 어떤 대원은 가장 날씬했고 얼굴도 갸름한데 고지대로 올라갈수록 얼굴이 너무 많이 부어올라 모두의 걱정을 샀다. 개인차는 있지만 다들 부었기 때문에 서로의 모습을 보고 놀리기도 했다. 그런데 그중에서 그 친구만 유독 입술이 아주 크게 부풀어올라 얼굴이 우스꽝스럽게 변했다. "입술만 썰어도 한 접시"라고 놀릴 정도였으니. 가장 장난기 없고 진중했던 친구였는데, 원정 와서 이미지가 너무 달라져서 웃으면 안 되는 상황이었지만 쳐다보면서 웃음을 참느라 애먹었던 기억이 난다. 다행히 붓기만 하고 더 이상 심각해지지는 않았지만 정상공격조로는 올라가지 못했다.

반지를 끼고 있다면 몸이 붓기 전에 빼두어야 한다. 생각도 못했다가 손가락이 부어버려 반지를 빼느라 애를 먹기도 한다. 손가락이 부어올라 반지가 꽉 끼면서 혈액순환이 안 되어 위험할 수도 있기 때문이다.

보통 베이스캠프가 위치하는 5,000미터 높이는 기압과 산소 농도가 해수면의 1/2이며 사람이 살기가 어렵다. 해발 5,099미터에 세계에서 가장 높은 곳에 위치한 마을이 있긴 하다. 남미 페루의 금광마을 '라린코나다'이다. 미국 지리학회가 '문명이 멈추는 곳'이라고 표현했는데, 이곳보다 높은 곳에서는 적응하며 살 수 있는 사람이 없다고 한다.

8,000미터의 기압은 해수면의 30퍼센트에 불과하다. 따라서 등반가들은 평지의 1/3 정도에 불과한 산소를 들이마시는 셈이다. 이런 정도의 산소로는 등반은 고사하고 단순히 생명을 유지하기도 버겁다.

8,000미터를 오를 때 대여섯 걸음 걸으면 숨이 막히고 가슴이 터질 듯이 고통스럽다. 몇 걸음마다 제자리에서 숨을 거칠게 들이마시면서 아주 천천히 움직일 수밖에 없다. 숨을 들이쉬는 동작이 매우 거칠기 때문에 숨을 아무리 크게 들이마셔도 얻은 산소를 다시 숨 쉬는 데 써버리는 악순환이 발생한다. 호흡운동과 등반에 필요한 근육을 움직이는 데 산소를 써버리니, 뇌로 가야 하는 산소가 부족하게 된다. 성인 몸무게의 2%에 불과한 뇌는 몸 전체 산소 소비량의 15퍼센트를 쓴다. 뇌로 가야 할 '필수' 산소가 배당되어야 하는데 그것이 안 되니 뇌가 입는 손상이 크다.

14개의 8,000미터 봉우리를 다 올라간 산악인 박영석이 산소 부족으로 겪은 일을 실감나게 묘사했다.

"얼마나 그렇게 걸었을까. 머리가 띵해지면서 흰 눈이 노랗게 변했다. 당황하는 순간 눈앞은 다시 붉게 변했고 온 세상이 곧 캄캄해졌다. 무서웠다. 산소 부족으로 시력을 잃는가 싶었다. 정신도 혼미했다. 여기서 정신을 놓아버리면 죽는다는 생각이 본능처럼 머릿속을 스쳤다. 정신을 가다듬었다. 잠시 후 캄캄하던 눈앞이 다시 빨갛게, 그리고 노랗게 변하면서 시력이 정상으로 돌아왔다. 남봉까지 불과 몇 십 미터를 오르는 동안 그런 증상이 세 번이나 반복됐다. 두 번째 증상이 찾아왔을 때는 그대로 산을 내려가려고까지 했다. 하지만 남봉은 어느덧 5미터 앞으로 다가와 있었다. 무산소 등반이 그토록 힘든 줄은 몰랐다." (박영석)

박영석 대장의 체험처럼 시각정보를 처리하는 뇌의 시각피질에 충분한 산소가 공급되지 않으면 일시적으로 시각장애 현상이 발생한다.

8,000미터 14좌 완등자 중 한 사람인 한왕용은 2000년 K2 등정 때 산소통이 고장난 선배에게 자신의 산소통을 양보하고 무산소로 올랐다. 그러나 귀국 후 후유증으로 네 차례나 뇌혈관 수술을 받았다. 그 때문인지 기억력이 흐릿해지고, 원정 후에는 전화번호나 사람들의 이름을 자주 잊어버리게 된다고 말한다.

나도 고산 등반에서 돌아오면 한두 달 정도 말도 빨리빨리 안 떠오르고 전화번호도 잘 기억이 안 나서 뇌가 상했다는 것을 실감했다. 베이스캠프에서 고산 증세로 웃지 못 할 일도 많이 생긴다. 같은 모양의 텐트가 줄지어 있으니 다른 대원의 텐트 문을 열고 자기 텐트라고 우기질 않나, 산소 부족으로 뇌의 기능이 저하되어 갖가지 해프닝이 벌어진다. 고산의 저기압과 저산소 환경은 우리 몸의 세포에 영향을 미치고 각 부분에 심각한 손상을 준다. 고소라는 새로운 환경에서 우리 몸이 적응하지 못하여 생기는 여러 가지 증상을 고소증 또는 고산증이라 하는데 다른 페이지에서 다루었다.

한편 히말라야 등반에서는 산소마스크를 쓰고 산소를 마시면서 올라가는 줄 아는 사람이 많다. 그러나 에베레스트나 K2 정도에서만 산소를 사용하는 것이 일반적이다. 8,000미터에서 산소를 쓰게 되면 6,000미터 급으로 어려움이 낮아져 등반이 쉬워진다.

예지 쿠쿠츠카의 말에 따르면 자는 동안에 1분에 0.5리터 정도의 적은 산소만 마셔도 추위를 덜 느껴 깊이 잠들 수 있다. 체력의 소모를 막아주는 효과도 있어 사고 예방에도 도움이 된다. 등반할 때 산소를 사용하면 등반 속도가 빨라지고 등정 성공 가능성도 높아진다.

그러나 고산 등반에도 스포츠처럼 페어 플레이 정신이 적용되고 있기 때문에 산악인들은 약물이나 과도한 도움, 장치를 스스로 제한하고 인간의 힘으로 도전하고자 노력한다.

베이스캠프는 5,000미터 대에 위치하다보니 산소도 해수면의 1/2밖에 없고 기압도 낮아서 물이 펄펄 끓어도 끓는 게 아니다. 이게 뭔 소리냐면 기압이 낮아서 끓는점이 낮아지게 되는 것이고 펄펄 끓어오르지만 실제는 100도가 아니라는 이야기다. 미지근한 물에 라면을 불려먹는 것처럼 잘 익지를 않는다. 그래서 일반 솥에 물을 끓여서 재료를 익히려 들면 덜 익고 모양도 식감도 상상 이하이고, 실망 그 자체를 맛보게 된다.

　고산에서는 압력밥솥이 필수이다. 우리나라 산에서도 코펠에 밥을 할 때 뚜껑 위에 돌멩이를 얹어서 압력밥솥의 효과를 노리기도 한다.

　압력솥으로 면을 삶으려면 고급 스킬이 필요하다. 압력밥솥에 물을 끓이고 칙칙칙 꼭지가 돌아가면 뚜껑을 열고 요리 재료를 넣는다. 그렇지만 그 상태로 뚜껑을 열면 폭발하니 뚜껑 위에 찬물을 확 부은 후에 최소한 폭발하지 않을 것 같은 타이밍을 둔 후에 뚜껑을 잽싸게 열고, 면을 투척하고, 다시 뚜껑을 닫고 가열을 한다. 면이 얼마나 익었는지 중간에 열어볼 수도 없고, 다 익었다고 생각할 즈음 다시 뚜껑 위에 찬물을 끼얹고 뚜껑을 열면 조리 과정이 끝난다. 그러나 그렇게 열심히 모든 과정에 심혈을 기울여도 국수가 죽(?)이 되기도 한다.

　내가 가장 신기했던 것은 계란프라이다. 뜨거운 프라이팬에 기름이 타오르고 계란 톡 깨뜨리면 되는 그 쉬운 계란프라이가 절대 그렇게 안 만들어진다. 흰자가 지글지글 바삭하게 익고 노른자 탱탱하게 올라간 써니사이드업 비주얼은 절대 만들 수가 없었다. 어떤 모양인지 궁금하겠지만 고소에 가야 맛볼 수 있다. 힘없는 계란프라이!

극한의 기상

히말라야에 가면 제트기류가 분다. 사람을 날려버릴 정도의 강풍이다. 남극과 북극 지방에는 블리자드가 있다.

1997년 가셔브룸 원정대에서는 캠프2에 설치한 텐트 한 동이 순식간에 바람에 날려 흔적도 없이 사라져버렸다. 캠프2에 텐트 두 동을 설치하면서 텐트를 고정하는 팩으로 사람 키만 한 대나무를 사용했다. 고산 등반에서는 사방이 하얀 눈이라 개척한 길을 표시하기 위해 기다란 막대에 작은 깃발을 꽂아 길을 표시한다. 두꺼운 눈 위에 텐트를 치기 때문에 짧은 텐트 팩은 쓸모가 없고, 약 1.5미터 정도의 그 막대를 사방에 깊숙이 박아놓았다. 캠프2에서 한 텐트에 모여 식사를 하던 중 베이스캠프에서 긴급한 무전이 날아왔다. 텐트 날아간다고 빨리 나가보라고. 밖을 내다봤을 때는 이미 사라지고 빈자리만 횅했다. 빈 텐트가 아니라 서너 명의 침낭, 배낭, 장비들이 들어 있었음에도 종잇장처럼 날아가버렸다. 바람의 위력을 눈앞에서 실감했다.

어느 해 에베레스트 베이스캠프에서는 식당 텐트 한 채를 휩쓸어가고, 30kg짜리 버너를 축구공처럼 굴러다니게 할 만큼 강풍이 불었다.

온도계가 영하 20도를 찍어도 시속 150km 이상의 강풍이 불면 체감 온도는 영하 50도 이하가 된다. 히말라야에서 정상을 향하는 날은 보통 새벽 12시~2시 사이에 출발한다. 에베레스트의 경우 정상에 갔다 마지막 캠프로 돌아오려면 보통은 최소 18시간이 걸린다. 어두워지기 전에 마지막 캠프까지 돌아오려면 그 시각에 출발하는 것이 일반적이다. 그런데 해가 뜨기 전까지는 아무리 껴입었어도, 계속 걷는데도 얼음물 속에서 허우적거리는 것처럼 뼛속까지 춥다. 해가 뜨면 조금 살 것 같지만, 정상으로 이어지는 능선 상에 서면 몸을 날릴 듯한 강풍이 불어와 사람의 혼을 빼놓는다.

내가 겪은 최악의 바람은 가셔브룸 때 정상을 코앞에 둔 능선 상에서 맛보았다. 칼바람이라는 말이 왜 생겼는지 알았다. 그냥 바람이 아니라 작은 눈, 얼음 알갱이들이 화살처럼 한쪽 뺨을 사정없이 내리쳤다. 산 아래서 몰아치는 강풍으로 눈을 뜰 수 없었던 것은 물론 제대로 서 있는 것조차 힘들었다. 얼굴은 눈과 코만 내놓고 다 가리고 있지만 아무리 가려봐도 뺨을 때리는 얼음 화살에 속수무책이다. 발이 너무 시리고 감각이 없어져 발가락은 이미 동상이 걸렸겠구나 각오했는데, 나중엔 얼굴의 반도 동상이 걸릴 것 같았고 '코와 귀도 잘라야 되나?', '여기서 포기하고 내려가는 게 맞지 않을까?' 갈등이 많았다.

그런가 하면 엄청난 양의 폭설이 내려 텐트를 무너뜨리거나 흔적도 없이 묻어버리기도 한다. 눈이 계속 내려 힘들게 개척해놓은 루트가 사라져서 아래 캠프로의 귀환도 어렵게 만든다. 1986년 K2에서 정상 공격 후 기진맥진해서 더 이상 내려가지 못하고 캠프4에 남아 있던 외국의 산악인들이 연일 내리는 눈보라에 갇혀 내려가지 못하고 죽어간 일도 있다. 그런 폭설이라면 밑에서 구조하러 올라갈 수도 없고 내려가는 것도 위험한 상황에 빠지기가 쉽다.

눈사태

2020년 1월, 안나푸르나 트레킹 코스에 눈사태가 나서 한국인 4명과 현지인들이 매몰된 사고가 났다. 트레킹 코스에 눈사태가 나서 우리 국민이 실종된 것은 처음이라 온 국민의 관심이 집중됐다. 1월 중에 사고가 났는데 워낙 눈이 많이 내리고 추가로 눈사태가 나서 수색작업이 중단됐다. 100일도 더 지난 5월 초가 돼서야 전원 수습이 되었다.

안나푸르나 트레킹을 주로 건기인 겨울에 가게 되므로 계절적으로 위험한 시기는 아니다. 그 코스는 전 세계인이 찾는 유명한 코스이기 때문에 길이나 숙소 등 관광객에 대한 서비스 인프라도 잘 되어 있는 곳이다. 날씨가 좋을 때는 평이한 코스임이 틀림없다.

그러나 겨울이 트레킹 적기인 것은 맞지만, 안나푸르나 지역은 눈이 워낙 많이 내리는 곳이다. 실제로 2019년에도 폭설이 내려 여러 번 눈사태가 났었고, 에베레스트나 랑탕 지역보다 눈사태가 자주 일어나는 지역이다. 겨울이기 때문에, 또 산의 높이 때문에 눈은 일반적으로 언제든지 내릴 수 있다는 것을 알아야 한다. 2020년과 2019년은 더 많은 눈이 내린 것 같고 단시간에 내린 폭설이라 더 위험했던 것이다. 이러한 정보를 모르고 평화로운 시기의 풍경 사진만 보고 안이하게 트레킹에 참여하는 사람들이 많은데 경각심을 가질 필요가 있다.

사고 당시 안나푸르나 현지에서는 밤사이 폭설이 내렸고 주변의 현지 가이드들은 눈사태를 염려했다고 한다. 보통은 눈이 녹는 오후에 눈사태가 일어나는데, 그때는 밤사이 많은 눈이 쌓여 그 무게 때문에 아침에 무너져 내린 것이다. 눈사태가 난 지역은 지형적으로 V자 형태의 협곡이라서 눈사태 발생 위험성이 높은 곳이다. 주의 깊은 사람들은 길 중간에 눈사태 지역이라고 붙은 푯말도 봤을 것이다. 가파른 산허리부터 계곡 바닥까지 높낮이를 달리해서 길이 구불구불 나 있는 형태인데, 협곡의 양쪽으로 가파른 사면에 눈이 쌓였다가 무너져 내리면 계곡 바닥 쪽으로 다 쏟아져 내리는 지형이라서 특히 위험하다.

또 폭설이 내린 상황과 눈사태가 일어날 수 있는 지형을 통과한다는 상황을 잘 살폈으면 사고를 피할 수도 있었을 텐데 안타깝기만 하다. 베테랑 가이드들은 경험치가 많아서 일반적으로 잘 대처한다. 2020년 사고 팀도 상황을 보고 계획된 일정을 변경해서 탈출하려고 했던 것 같다. 현지 가이드들은 위험하다고 파악하면 헬기를 이용해서 탈출을 하기도 한다.

눈사태 지역을 통과할 때 요령도 있다. 멀어도 돌아갈 수 있는 길을 찾거나 무리지어서 가지 않고 한 사람씩 빠르게 통과시키면서 위험을 분산한다거나. 또 팀의 리더는 대원을 먼저 보내고 상황을 진두지휘할 수 있는 위치에 있어야 한다.

하지만 우리 인간들이 대자연 속에서 최악의 기상 상황에 맞설 수 있는 방법은 없다고 본다. 일정 중간에 눈이 많이 내리면 기본적으로 안전하게 탈출하는 것이 좋다. 국내에서 산을 많이 탔던 사람들도 눈사태에 대한 경험치들이 쌓여 있진 않다. 기상 악화 상황에서는 비행기를 비롯해서 도로 등 교통부터 끊기는 게 일반적이다. 예정했던 코스에 대한 미련이 남아 있어도 과감하게 돌아설 수 있어야 한다.

히말라야 같은 고산지역의 눈사태를 안 본 사람들은 그 상황을 상상하기 힘들다. 뉴스에서 보는 영상은 극히 일부분일 뿐 화면으로 봐서는 그 규모를 상상할 수가 없다. 우리나라에서 눈이 내릴 때 지역별로 일기예보에서 적설량을 말해주지만 히말라야는 차원이 다르기 때문에 적설량으로 파악하려는 것은 의미가 없을 것 같다. 몇 백 미터인지도 모르는 두꺼운 만년설 위에 하루에 몇 미터 단위로 신설이 쌓였다가 쏟아져 내리니 그 눈의 양은 계산이 불가하다.

눈사태가 얼마나 클 수 있는지 안데스 산맥에서 난 눈사태를 보면 짐작할 만하다. 1970년 5월 31일 리마 북쪽 바다 해저에서 진도 8.0의 대지진이 발생, 빙하 붕괴로 인한 토석류(土石流)로 산기슭의 작은 도시 융가이(Yungay)가 매몰됐고, 35,000여 명의 사망자를 냈다. 워낙 큰 눈사태라 발굴과 복구가 불가능해서 그대로 두고 현재는 2만여 명이 묻혀 있는 그 땅 위가 메모리얼파크가 됐다. 나는 와스카랑을 2001년에 실패하고 2004년에 올랐는데, 그 매몰된 곳에 가봤더니 도시는 온데 간데 없고 교회 첨탑 일부분 정도나 흙 위로 남아 있었다. 그 땅 위에 관광객들

눈사태로 매몰된 융가이 마을 뒤로 멀리 와스카랑이 솟아 있다.

이 평화로이 오가는데 눈앞에는 언제 그랬냐는 듯 와스카랑이 웅장하
게 눈을 뒤집어쓰고 서 있었다.

우리나라에서도 설악산이나 한라산에 눈사태가 나는 지역이 있다.
1969년에 설악산에 눈사태가 나서 에베레스트 원정을 위해 훈련 중이
던 대원 10명이 사망하기도 했다. 그렇지만 눈사태 발생 지역은 일반인
이 지나는 등산로보다는 주로 전문 산악인들이 훈련하는 지역이니 너
무 겁먹을 필요는 없다.

대자연에서 아웃도어 액티비티를 즐기는 사람들은 자연이 주는 위험
상황을 예견할 수 있는 지식과 경험을 쌓고, 공부를 하고 가야 한다. 더
직설적으로 말하면 자기 목숨은 자기가 지킬 수 있어야 한다. 우리나라
에서도 여름철 비가 내리면 계곡에서 사고가 반복되는 것처럼 사람들
이 위험 상황을 인지하지 못한다. 특히나 히말라야 같은 높은 산은 우
리가 잘 모르는 곳이니까 어떤 곳인지, 어떤 준비를 해야 하는지, 어떤
위험이 있는지, 또 위험 상황에 어떻게 대처해야 하는지 등을 미리 알아

두어야 한다.

　그러고도 특별한 상황에서는 경험이 충분한 현지 가이드들의 판단을 존중해주면 좋겠다. 우리나라 사람들과 섞여서 트레킹을 가봤는데 가이드 말을 참 안 듣는 부류들이 있다.

　일반적으로 히말라야 트레킹은 네팔 정부에서 자격을 준 가이드를 고용해서 진행한다. 가이드들 사이에서도 경력과 경험치는 차이가 있겠지만 경험이 많은 가이드들은 위험을 예측할 수 있다. 그들이 어떤 결단을 내리면 경험이 없는 고객들은 따르는 것이 자신의 목숨을 지킬 수 있는 가장 중요한 태도라고 본다.

쌓인 눈의 무게

1969년 2월 설악산 죽음의 계곡에서 난 눈사태로 해외원정 대비 훈련 중이던 한국산악회 회원 10명이 매몰돼 사망한 사고가 있었다. 당시 발굴 작업을 하며 파들어간 깊이는 최고 10m에 이르렀다. 눈의 무게를 계산하면 2톤이 넘는다고 한다. 일반적으로 1m 높이로 눈이 쌓였을 때 1㎡당 평균 300kg의 무게를 갖는다. 눈이 가벼울 것 같지만 폭설에 비닐하우스가 무너져 내린다. 넓이가 50㎡인 지붕 위에 눈이 1m 쌓이면 무게는 자그마치 15톤이나 된다.

죽음의 지대

보통 3,000미터 높이부터 우리 몸은 고소증상을 겪는다. 베이스캠프인 5,000미터 정도는 일반인들도 트레킹으로 오를 수 있는데, 천천히 오르면서 적응할 수 있는 환경이다. 그러나 7,000미터, 8,000미터를 올라가면 겪어보지 못한 사람은 상상도 할 수 없을 정도로 극한의 환경을 만난다.

산악인들은 죽음의 문턱까지 경험하기도 하며, 고소증으로 목숨을 잃기도 한다. 8,000미터를 오르기 위해 반드시 거쳐야 하는 그곳, 7,500미터 이상의 지대는 특별한 곳이기에 산악인들은 그곳을 죽음의 지대라고 부른다.

8,000미터 봉우리에 대한 사람들의 도전은 1920년대부터 시작되었으나 1950년대에 이르러서야 그 문이 열리기 시작했다. 인류 최초로 1950년 프랑스 원정대가 안나푸르나(8,091m) 등정에 성공했는데 55년 간이나

실패한 다음의 성취였다. 1950년 이후에는 히말라야 산맥의 8,000미터급 거봉 14개가 14년 간 차례로 등정됐다.

최고봉 에베레스트는 1953년 영국이 등정에 성공했다. 2차 대전을 겪으면서 군수물자로 쓰일 소재들이 새롭게 발명되고 개발되면서 고산 등반에도 도움이 됐다. 예를 들면 에베레스트를 오를 때 가볍고 용량이 증가된 알루미늄 합금 산소통 덕을 봤다.

'죽음의 지대(Grenzbereich todeszone)'라는 말은 라인홀트 메스너가 1980년에 쓴 책 제목으로 널리 알려졌다. 주로 등반하며 죽음의 경험, 즉 임사체험을 한 산악인들을 인터뷰한 내용으로 논문에 가까운 탐구 보고서이다.

하지만 1953년 스위스의 의사이자 히말라야를 체험한 등반가인 에트와르 위스 뒤낭이 높이 7,500미터가 넘는 곳을 '죽음의 지대'라고 표현한 것으로부터 시작된 용어이다. 그는 이곳에 대해 다음과 같이 경고했다.

"인간은 6,000미터 고소에서 적응할 수 있다. 그러나 7,000미터를 넘으면 고소적응이 어려워진다. 이 고도에서는 적응한다 해도 그 시간이 제한된다. 휴식을 취해도 이미 소비한 에너지를 넉넉히 보충하지 못하기 때문이다. 순응한계를 어느 정도까지 높일 수는 있겠으나 그것도 크게 기대하기 어렵다.

고도 7,000미터에 이르면, 영국 사람들이 '쇠퇴현상'이라고 말하는 중대한 장애가 일어난다. 처음엔 목이 아프다가 대수롭지 않던 염증이 악화되며 궤양이 일어난다. 동상은 유기 조직에 산소가 부족해지면서 한층 어려운 고비에 이른다. 심장이 적응할 수 없게 되어 팽창한다. 불면증에 시달리며 비타민 부족으로 식욕을 잃는다. 이처럼 생리학적으로 자기의 한계를 벗어난 높은 곳에 지나치게 오래 머무는 자는 결국 '하얀 죽음'의 제물이 된다." (에트와르 위스 뒤낭)

한편 1978년 에베레스트 원정대의 의무대원이었던 오스왈트 외르츠는 죽음의 지대에 대해 다음과 같이 말했다.

"5,300미터가 넘는 곳에서는 오래 살 수 있는 사람은 없다. 그보다 높은 곳에 정착해보려고 한 적이 있었으나 모두 실패했다. (중략) 표고 8,848미터인 에베레스트 정상의 산소 농도는 해면의 1/3 밖에 되지 않는다. 당연히 전문가나 유식하다는 사람들은 산소 기구 없이 올라가면 살아남지 못한다고 주장했다. 그렇지만 그런 고소에서 산소 없이 머무는 것이 왜 불가능한가에 대해 생리적학적인 명백한 근거를 밝힌 사람은 없다.

물론 산소가 부족하면 육체적으로나 정신적으로 기능이 크게 떨어진다. 그래서 얼어 죽을 위험이 커진다. 다시 말하면, 혈액 농축으로 생기는 혈전증과 출혈 및 폐수종 등의 위험이 있다."

'죽음의 지대'란 말이 어쩜 그렇게 적당한 표현인지…. 히말라야에서 죽음의 문턱까지 가보고 생과 사가 종잇장 한 장 차이인 것을 실감하고 돌아온 사람들은 이 말에 공감이 간다. 나와 남의, 현재와 과거의 죽음이 늘 우리 가까이에 있는 곳이기 때문이다.

그곳은 우리가 경험할 수 있는 극한의 모든 조건들을 다 압축해놓은 곳이라고 말할 수 있다. 이 극한의 지대에서 인간은 인생에서 경험할 수 없는 극한상황과 한계상황을 만나게 된다.

고도 8,000미터!

이성과 과학이 통하지 않고 극한 체험이 수시로 일어난다는 죽음의 지대. 극한의 기후와 저기압·저산소 환경, 험난한 지형은 기본이고, 마치 산이 살아 있는 것처럼 변화무쌍하게 돌변하는 특성까지 있어서 더욱 험한 곳이 되어버린다. 그곳을 경험한 많은 산악인들은 인간의 능력만으로 올라갈 수 없는 곳, 그곳에는 신이 살고 있으며 신이 허락해야 올라갈 수 있다고 말한다. 죽음의 지대이기도 하지만 산악인들은 '신들의 영역'으로 말한다.

느린 죽음

8,000미터 정상을 찍고 캠프4, 캠프3, 캠프2를 지나 캠프1로 내려오는 동료가 저 멀리 설원에 점으로 나타났다. 애타게 기다리던 나는 너무 반가운 마음에 막 뛰어가 마중을 하고 싶었지만, 2~3일 간 거의 못 먹었을 동료가 도착해서 맛있게 먹으라고 찌개와 밥을 데우기 시작했다.

"어서 와라 어서 와라" 주문을 외우듯 눈으로만 마중을 하면서. 내가 있는 곳까지 평평한 설원이니 성큼성큼 힘내서 걸어올 만한데 한 걸음 한 걸음이 그렇게 느릴 수가 없었다. 온몸의 진이 다 빠진 듯 허깨비 같은 걸음걸이로 비틀비틀, 한 걸음 한 걸음 다가오는데 콧날이 시큰했다.

드디어 도착한 동료에게 축하의 말을 건네고 얼른 밥부터 먹으라고 숟가락을 쥐어주었다. 캠프1에서 다음 정상공격조로 대기 중이던 내가 먼저 정상에 선 후 내려오는 동료를 위해 준비한 축하의 밥 한 끼가 바로 청국장이었다. 베이스캠프도 아닌 캠프1에서 청국장은 써프라이즈 수준으로 준비한 것이었다. 정말 감격할 줄 알고 말이다. 그런데 간신히 도착한 친구는 미안해하며 물만 겨우 넘겼다. 그저 물! 물! 물! 벌컥벌컥 마실 시원한 물이 가장 필요한 것이었다. 정성들여 끓여놓은 내 마음, 청국장은 한 숟갈도 못 떴다. 시원한 물을 한 바가지 준비해놓을 걸 청국장에 올인했으니 얼마나 미안하던지!

당시 8,000미터 정상을 못 가본 나는 정상에서 살아 내려온 사람의 타는 목마름을 전혀 짐작을 못했던 것이다. 나도 뒤이어 정상을 다녀온 후 목마름의 수준이 아니라 죽기 직전의 탈수 상태임을 알았다.

공기가 매우 차고 건조하기 때문에 목과 폐는 마른기침으로 상할 대로 상하고, 정상 가까이에서 지내는 하루 이틀 간은 물 한 모금 충분히 못 마시는 고통이 이만저만하지 않다.

고지대 생리학 전문가인 피터 하켓 박사는 원정대가 겪는 이런 느린 퇴행을 굶주림, 탈수, 질식, 혹독한 기후에의 노출에 의한 느린 죽음이라고 표현했다. 느린 죽음!

고소에서는 마실 물이 항상 부족하다. 베이스캠프에서 고소 캠프로 수많은 장비와 식량을 나르는 병참이 원정대의 중요한 전략인데, 충분량의 물을 위쪽 캠프에 갖다 놓을 수는 없다. 옮겨 놓아도 밤이 되면 꽁꽁 얼어버리기 때문에 보통은 그날그날 스토브에 눈이나 얼음을 녹여 물을 만든다.

눈은 밀도가 낮아서 부피가 크지만 녹으면 아주 소량의 물이 된다. 그래서 코펠에 눈이 녹으면 계속 눈을 퍼 담으며 녹여야 한다. 고소에서는 공기가 매우 건조하기 때문에 호흡으로도 많은 수분이 방출돼서 물을 충분히 마셔야 하는데, 물은 늘 부족하니 갈증이 심하다. 눈이 녹는 대로 음식도 만들고 차를 마시기도 하면서, 다음 날까지 마실 물을 부지런히 수통에 채워야 한다.

원정대는 보통 1리터짜리 플라스틱 물병을 사용한다. 보온병을 쓰기도 하지만 보온병을 택한다면 병 자체의 무게가 너무 부담스럽다. 그래서 보통은 1리터짜리 플라스틱 병과 스펀지 같은 보온재로 만든 물병 커버를 같이 사용한다. 영하 수십 도를 밑도는 그곳에서는 커버를 같이 써줘야 물이 얼지 않거나 따뜻함을 유지할 수 있다.

플라스틱 물병이 대중적인 이유는 무게 때문이기도 하지만 추운 밤, 침낭 안을 훈훈하게 데워줄 탕파로도 쓸 수 있기 때문이다. 사람마다 다르겠지만 나는 발이 제일 시리기 때문에 발 근처에 뜨거운 물병을 두고 잔다. 덕분에 훈훈하게 잠을 청할 수 있고 워낙 건조한 공기 탓에 새벽녘에 목이 무척 메말라 있는데 마실 물이 얼지 않고 마시기 딱 좋은 온도로 식어 있다. 물론 이런 호사는 눈을 끊임없이 퍼 담고 녹이는 수고와 끓기까지 기다릴 충분한 시간과 연료가 있을 때만 가능한 일이다. 이런 이유로 산악인들이 쓰는 플라스틱 물병은 뜨거운 물을 넣어도 물통이 변형되거나 새지 않는다.

그런데 정상을 향하는 날에는 자정에서 새벽 두세 시 사이에 출발하기 때문에 저녁 먹고 일찍 잠을 자느라 시간이 많지 않다. 대원 각자에게는 1리터 물병 하나지만 여러 명일 경우 자기 전까지 각자 수통을 가득 채우지 못할 수도 있다. 보통은 하루 2~3리터의 물을 마셔주면 좋겠지만 그 정도의 물을 가지고 운행할 수는 없다. 역시나 무게 때문에. 물뿐만 아니라, 보온의류, 식량, 장비 등을 합하면 너무 무거워지므로 본인의 체력이나 컨디션에 따라서 감당할 만큼 무게를 선택해야 한다.

한국 산에서 메던 무게처럼 배낭을 메고는 고소에서는 움직이기 어렵다. 특히 정상을 가는 날은 꼭 필요한 것으로만 최대한 가볍게 멘다. 보통은 낮에 운행을 해서 보온병까지는 필요 없지만 정상 가는 날은 극도로 춥기 때문에 보온병에 뜨거운 음료를 챙기는 경우가 많다.

극히 건조한 공기 속에 하루 종일 거친 숨을 내뱉으며 장시간 등반을 하기에 1리터를 아껴 마셔도 갈증은 극에 달한다. 정상에 섰다가 하산을 할 때는 고산병으로 몸은 허약해질 대로 허약해진 상태이고 굶주림, 극심한 탈수증, 탈진 상태일 수밖에 없다. 하산길에 생과 사를 가르는 것은 정신력이다. 정신줄을 잘 붙들어야 살아서 베이스캠프로 내려올 수 있다.

우리 원정대의 대장은 고산 등반 경험이 많은 베테랑이었는데 식량을 준비할 때 큰 페트병 청량음료를 많이 사는 걸 보고 속으로 의아했었다. '안 먹어도 되는 건데…'라는 생각이었다. 히말라야 원정은 대원도 많고 원정 기간도 길어서 화물의 양이 어마어마하다. 그래서 식량의 무게와 양을 저울질하고 제한할 수밖에 없는데, 필수식량도 아닌 청량음료를 사니 이해를 못했던 것이다. 도시에서는 흔하디흔한 청량음료지만 그 높은 곳에서는 죽을 힘 다해 내려와서 누리는 가장 큰 호사이고 생명수였다.

고산에서 어떤 스토브를 쓰는가?

가스 스토브가 가장 많이 쓰이고 연료의 열효율이 좋아 휘발유 스토브도 같이 쓴다. 요즘의 대세는 뛰어난 화력과 연료 경제성으로 '리액터'라는 스토브와 전용 포트가 결합된 취사 장비이다. 리액터는 기본적으로 바람이 불고 일기가 고르지 않은 야외에서 단시간에 물을 끓이는 용도로 고안된 장비로 바람이 불지 않는 환경에서 0.5L 양의 물을 1분 30초 이내에 끓일 수 있다고 한다.

리액터의 진가는 악천후 속에서 더 빛을 발하는데 시속 13km의 바람이 불어도 1분45초면 끓는 물 0.5L를 얻을 수 있고, 타사 스토브들은 제 기능을 못하는 시속 19km 바람 속에서도 역시 같은 1분45초에 0.5L의 물을 끓이는 탁월한 성능을 보인다.

가스는 우리가 일반적으로 요리용으로 쓰는 길쭉한 부탄가스가 아니라 원형의 동계용 가스여야 한다. 기화율이 낮은 부탄가스는 특히 기온이 영하로 내려갈 경우 점화에 애로를 겪는 특징이 있다. 기온이 낮은 겨울철 스토브 점화 시 붉은색이 아닌 파란색 불꽃이 일며 '퍽퍽' 소리가 나는 것도 부탄가스의 함량이 높은 탓이다.

〈사진 : 김홍빈〉

눈을 녹이려면?

눈이 습설이냐 건설이냐, 기온이 얼마나 낮은가 등이 변수가 되겠지만 우리나라 산에서 실험해보니 대략 눈 1리터를 녹이면 약 300ml 물이 된다. 약 3배로 줄어드는 것이다. 겨울 산에서 눈을 퍼다가 물을 만들기 위해서는 커다란 비닐봉지에 눈을 퍼담아 와서 코펠에 계속 공급해주면서 물을 만든다.

얼음은 물과 부피 차이가 크지 않아서 얼음을 녹이면 거의 비슷한 양의 물을 얻는다. 얼음을 녹이는 것이 더 빠르게 물을 얻을 수 있지만 녹이는 데 시간이 더 걸린다. 일반적으로 가스 1통으로 눈을 녹이면 약 1.3리터의 물을 끓일 수 있다는 실험 결과가 있다.

동상과 설맹

히말라야 등반 중 동상은 가장 흔하게 걸리는 상해다. 장갑, 양말, 등산화, 복장도 고산 등반용 고기능성으로 중무장을 했음에도 손가락, 발가락 동상은 비일비재하다. 어느 산악인은 동상으로 코 끝을 조금 잃기도 했다. 귀에도 동상이 잘 걸린다.

같은 기온이라도 고소에서는 동상이 더 잘 걸리는데 그 이유는 저기압 환경으로 생리적인 변화가 생겨 혈액순환이 어려워져서 그렇다. 인체 조직은 산소 부족을 채우려고 골수를 자극해 짧은 시간에 적혈구를 많이 만들어서 혈액 농도를 갑자기 배로 늘린다. 그러면 체내 산소 운반이 쉬워지지만 혈액 농도가 짙어져서 결과적으로 혈액순환을 어렵게 한다. 마치 샤워기 구멍으로 물 대신 꿀이 나오는 것을 상상하면 되겠다. 그래서 피가 손가락과 발가락 끝의 모세혈관까지 순환이 잘 안 되어 손가락, 발가락이 먼저 시리고 동상이 걸리기 쉬운 것이다.

히말라야에서 동상을 입어 손가락이나 발가락을 잃는 일은 매우 큰 사고이고 처참한 일이다. 우리나라에도 발가락을 잃은 엄홍길 대장, 양손 열 손가락을 거의 다 잃은 김홍빈 대장, 박정헌 대장, 최강식 대원 등 피해자가 많다.

1996년 에베레스트 참사의 생존자인 미국 팀 벡 웨더스란 사람은 팔꿈치까지 두 손을 다 절단해야 했다. 그는 에베레스트 정상에 갔다가 캠프4까지는 내려가야 살아남을 수 있는데 더 이상 걸을 힘이 남아 있지 않고 산소도 떨어져 탈진해 쓰러졌다. 설상가상 끼고 있던 장갑을 잃어버렸는데 정신착란이 일어나서 두 손을 노출시킨 채 8,700미터 고소에서 하룻밤을 눈폭풍 속에 시체처럼 누워 있었다. 구조대가 올라갔을 때까지 숨이 붙어 있었지만 두 손은 완전히 냉동이 되어버린 후였다.

설맹(雪盲, Snow Blindness)은 '자외선에 의한 결막염'이다. 강한 자외선 때문에 눈의 각막이 화상을 입고 일시적으로 시력을 잃는 경우이다. 우리나라 스키장에서도 고글이나 선글라스 없이 하루 종일 스키를 즐기고 난 후 밤에 눈물이 나고 눈이 시려 제대로 눈을 못 뜨는 약한 설맹이 걸린다. 히말라야는 자외선이 평지보다 강력하다. 300미터 올라갈 때마다 4%씩 자외선 반사량이 증가한다. 온 천지가 눈이라 눈에 반사되는 자외선까지 있어서 고글로 차단하지 않으면 각막이 상한다. 눈이 붓고, 충혈 되고, 눈곱이 끼고, 눈물이 나는 일반적인 증상 외에 통증이 심하며 하루나 이틀 정도 일시적으로 앞이 안 보이게 된다. 중증으로 진행될 경우에는 각막, 수정체, 망막까지 손상되어 시력을 잃을 수 있다.

고산 등반을 가서는 자외선이 너무 강하기 때문에 고글을 잘 챙겨 쓴다. 그런데 엷게 구름이 낀 날이나 안개 낀 날에 방심하고 벗고 운행하다가 설맹이 걸리는 경우가 흔하다. 추락할 때 고글을 잃어버리기도 하고 부주의로 잃어버리기라도 하면 큰 낭패다. 준비가 철저한 사람은 여분의 고글을 챙긴다. 설맹에 걸리면 앞이 안 보여 혼자서는 하산을 할 수도 없고 동료까지 위험에 빠뜨리기 때문이다.

　한국의 모 팀에서 에베레스트를 등정하고 하산 길에 대원 한 명이 설맹에 걸려 오도 가도 못하고 동사한 일이 있었다. 같이 내려오던 동료도 탈진으로 실종되고, 그들을 구조하러 마지막 캠프에서 올라간 대원도 실종되었다. 무전 교신 내용으로 보아 설맹에 걸리기 전에 정상에서 컨디션이 나쁘지 않았었는데 방심하고 고글을 벗은 것이 원인으로 추측되었다. 설맹만 아니었으면 그런 사고가 나지 않았을 것이다.

저산소증으로 인한
치매현상

"등반용 텐트의 크기는 고작해야 공중전화 부스나 2인용 침대 크기 정도밖에 되지 않기에 그 안에서 생활하는 이들은 어쩔 수 없이 서로 몸을 부딪치게 된다. 평소와 달리 이렇게 가까이에서 지내다보면 아무리 친밀한 사이라도 골이 생기게 마련이다. 신경은 날카로워지고 사소한 일에도 쉽게 짜증 내고 화내게 된다. 뚜둑거리며 손가락 관절을 꺾는 소나나 코 후비기, 코골이 같은 하찮은 일로도 폭력이 발생한다. 심지어 축축한 발이 자기 자리로 넘어왔다며 주먹을 날린 등반가도 있다." (존 크라카우어)

"어느 날 아침, 그가 느릿느릿 시리얼을 떠먹는 모습을 보고 나는 답답해 미쳐버릴 것만 같았다. 그 모습은 언제나 신중하고 느긋한 그의 태도를 대변하고 있었고 마치 나의 성급한 성격을 비난하고 있는 것처럼 보였기 때문이다. 며칠째 텐트 속에 갇혀 지내야 했던 상황 속에서 나는 공격적인 편집증 환자가 되어가고 있었다. 물론 나는 그런 내 모습이 잘못되었다는 것을 잘 알고 있었다. 그래서 최대한 그런 생각들을 품지 않고 대신에 따뜻하고 안락한 풍경을 머릿속에 떠올리려고 낮 시간 내내 노력하곤 했다. 하지만 바로 옆에서 돈이 쩝쩝거리며 캔디바를 먹는 소리가 들리는 바람에 이 모든 노력들은 수포로 돌아갔다. 결국 나는 가슴속에서 끓어오르는 분노를 참을 수가 없게 되었다." (존 크라카우어)

『희박한 공기 속으로』를 쓴 미국 작가 크라카우어가 그러한 고소에서의 심리상태 묘사를 아주 잘 했다. 원정이 끝나고는 서로 다시 안 보는 사이가 되기도 한다. 한 팀으로서 원정을 왔다면 필시 팀워크도 좋고 친밀한 사이였을 것이다. 국내 훈련에서는 드러나지 않았던 인간 본성들이 드러나기 때문인가? 오랜 텐트 생활의 지루함이 멀쩡하던 사람을 비이성적인 판단과 행동을 하게 만드는 것을 보면 더 높은 고소에서는 어느 정도일지 짐작할 수 있다. 고소에서의 심리상태는 다녀온 사람만이 짐작할 수 있을 정도로 비이성적이고 특이하다.

고소 적응이 잘 안된 대원은 짜증을 많이 내고 자기 몸만 챙기고 남을 배려하지 않는 행동을 하여 좋았던 팀의 분위기를 망친다. 평소에는 몰랐는데 저런 면이 있었나 싶을 정도로 비이성적인 행동을 한다. 아마 고소증, 산소 부족으로 인한 뇌의 문제일 것 같기도 하고, 육체적으로 힘든 상황에서 본성이 드러나는 것일 수도 있으며, 풀 한 포기 안 보이는 황량한 등반 환경 때문에 정서적인 안정과 균형이 깨어져서 그럴 수도 있다고 생각한다.

산악인들은 끊임없는 고난 극복을 통해 보통 사람들보다 정신력이 강한 사람들이다. 그렇지만 고소에서도 똑같은 것은 아니다. 모두가 그런 것은 아니지만 고소에서 이상 행동을 하고, 기억력과 판단력이 흐려지거나 극도로 예민해지고, 심리적으로 불안정해지며 더 극한에서는 환각과 이상체험까지 한다. 이것이 생과 사의 갈림길에서 죽음의 문턱을 넘게 되는 이유가 되기도 한다.

1997년에 가셔브룸 정상을 향하던 중이었는데 뒤에 있던 후배가 "형, 내가 지금 어디를 가는 거예요?"라고 물어서 깜짝 놀랐다. 상태가 심각하다고 판단해 그 지점에서 그를 내려보냈다.

2002년 안데스 원정 때는 한 후배가 정상에서 내려오다가 중간 중간에 주저앉아서 움직일 생각을 안했다. 나 혼자서 그 후배를 맨 마지막에서 데리고 내려오는 중이었다. 고정로프가 끝나는 지점에 이르면 자기 안전벨트의 줄을 연결해서 자기의 안전을 먼저 확보해야 하는데 자꾸 자기 줄을 풀어버렸다. 수직의 세계를 오르는 산악인들에겐 기본 중의 기본이 '자기확보'라는 것이다. 아무리 극한 상황에서도 실수하면 안 되는 것이다.

아무리 정신 차리라고 소리를 질러도 아무 반응도 없이 주저앉아 버티기만 할 뿐, 자기가 어디에 있는지, 무얼 해야 하는지 전혀 생각을 못했다. 영혼도 빠져나가버린 듯한 낯선 모습에 나도 속수무책이었다. 까딱하면 후배 한 놈 잃겠다는 판단이 들어서 온 정신을 집중해서 챙기다가 나중엔 화가 머리끝까지 나서 고래고래 소리치고 욕을 하며 각성시

켜서 끌고 내려왔다. 정신줄을 놔버렸다고 표현해야 하나? 정신이 나갔다고 해야 하나? 시공간을 분간 못 했다.

1996년 에베레스트 정상 근처에서 15명이 죽었을 때 미국 상업등반대의 가이드를 했었던 유명한 산악인인 아나톨리 부크레이프(Anatoli Niko-laevich Boukreev, 1958~1997)는 정상에 가까워지면서 고객들을 돌아서게하는 것은 아주 어렵다고 말한다. 보통 에베레스트 정상을 향할 때는 오후 2시가 넘으면 오르는 것을 멈추고 내려와야 하는 것이 원칙이다. 그래야 어둡기 전에 캠프4까지 살아서 내려올 수 있다.

가이드로서 기상 상황과 고객의 체력 조건, 하산에 필요한 시간 등을 고려하여 정상을 포기하도록 결정을 내려야 한다. 그런데 하산해야 한다고 권유하면 면전에서 코웃음을 치고 올라간다고 한다. 원칙을 무시하고 계속 올라가다가 결국 죽음을 맞는 사람들이 많다. 이성적인 판단이 안 되기 때문이다. 부크레이프는 이것을 8,000미터에서 저산소증으로 인한 치매현상이라고 표현한다.

죽음의 지대의
환각

죽음의 지대에서 오랜 시간 등반한 산악인들 가운데 환각과 유체이탈, 허깨비 동행자에 대해 말하는 사람이 많다. 묘한 소리가 들리거나 환각 증상이 일어나며, 대자연과의 일체감을 느끼고, 말을 하지 않아도 뜻을 전달할 수 있는, 그런 체험들을 한다. 그것은 사실상 삶과 죽음의 기로에 섰다는 강력한 증거다. 8,000미터 위에서 무산소로 장시간 체류하였거나 정상에 오르기 위하여 다리 근육에서 산소를 소비해버리면 뇌에 배당해야 할 '필수' 산소가 부족하게 된다. 따라서 뇌에 저산소증이 나타나고 더 극한의 시간을 견디다보면 이런 여러 가지 환상의 세계가 나타나는 것이라고 볼 수 있다.

라인홀트 메스너는 8,000미터 14개 봉우리를 세계 최초로 다 오른 사람으로서 숱하게 죽을 고비를 넘겼다. 메스너는 등반 기록들을 책으로 많이 남긴 대표적인 사람인데, 그의 기록에는 환각에 관한 이야기가 많이 등장한다.

"내가 카라코람의 히든피크에서 심한 갈증을 느끼며 하산했을 때도, 나는 빙하의 크레바스 안에서 청록색으로 반짝이는 호수를 보았다. 낭가파르바트 산기슭에서 기진맥진했을 때 사람들이 말을 끌고 내 앞으로 다가오는 것이 보였다. 나는 처음에는 이러한 현상들이 일어났을 때에 이것은 틀림없는 환각이라고 판단했지만 돌덩이들을 손으로 만져본 뒤에도 새로운 환각이 나타났다." (라인홀트 메스너)

"낭가파르바트에서 하산할 때 나 역시 적어도 한번은 죽었었다. 그곳에서 인간으로 살아 돌아온다는 것은 두 번째 태어나는 것을 의미했다. 추위 속에서, 희박한 공기 속에서, 또한 엄청난 위험 속에서 지낸 수 주 후에, 그리고 혼자서 여러 나날을 지낸 후에 나는 원주민을 만났다. 그리고 기묘한 현상들-말(馬)을 시중드는 사람, 이정표와 푯말, 물이 고인 늪-이 유령처럼 나타났다가 유령처럼 사라져가는 것을 경험했다." (라인홀트 메스너)

믿기지 않는 이야기지만 메스너와 헤르만 불, 보이테크 쿠르티카, 예지 쿠쿠츠카 같은 세계 최정상급 산악인들의 기록에 보면 죽음의 지대에서 누군가가 옆에 같이 있다는 느낌 또는 동행자가 없음에도 대화를 나눈다거나 하는 체험을 공통적으로 증언한다. 고소에서 일어나는 현상 중 하나인데 자기를 도와줄 사람이 유령같이 나타난다거나 옆에 누군가가 있다고 여겨지는 현상이다. 오스트리아의 과학자이자 등반가인

허버트 터키는 이것을 '허깨비 동행자'라고 불렀다.

"나는 다시 기어 올라갔다. 그리고 장갑을 끼려고 하니 장갑이 없다. 나는 깜짝 놀라서 수수께끼 같은 동반자에게 물었다.

'내 장갑 보지 못했나?'

'네가 잃었다' 는 답이 확실히 들렸다. 나는 뒤를 돌아보았다. 그러나 아무도 없었다. 내가 미쳤나?

허깨비가 나를 조롱하나? 확실히 귀에 익은 음성이었다. 누굴까? 알 수가 없었다. 그 음성만은 알겠는데…" (헤르만 불)

"1978년 낭가파르바트 단독 등반, 나는 암벽의 중앙부 밑에서 눈에 보이지 않는 동행자들과 늘 같이 생활했다. 더욱이 놀라운 점은 나는 3개국어밖에 모르는데 그들과 4개 국어로 이야기했다는 것이다." (라인홀트 메스너)

"이날 저녁 식사를 준비하고 있을 때 두 사람 것을 해야겠다는 생각이 문득 들었다. 나는 텐트에 다른 사람이 있는 것을 느꼈다. 그런데 내가 그에게 말을 걸었는지 확실하지 않았다. 그럼에도 불구하고 나는 정신이 또렷했다. 도대체 이러한 망령이 어디에서 왔을까? 어쩌면 마술같이 순간적으로 나타난 것에 지나지 않은가? 이러한 물음이 나타난 현상보다 더욱 나를 괴롭혔다. 그리고 이 상태에서 등반을 계속해도 괜찮을지 하는 의문도 곁들여 나를 못살게 했다. 아침에 정상으로 떠나면서 역시 누가 옆에 있다는 느낌이 들었다. 나는 갑자기

걸음을 멈추고 다른 사람을 기다리거나 그 사람을 따라잡고 내가 앞에 섰다고 생각했다." (예지 쿠쿠츠카)

유체이탈은 몸에서 정신이 이탈되어 자기 자신의 관찰자가 되는 현상이다. 죽음의 지대에서 유체이탈을 겪은 이들도 많다. 1996년 에베레스트를 오른 존 크라카우어도 말한다.

"나는 평소의 피로도를 훨씬 넘어서는 심한 탈진 상태에서 나 자신이 내 몸에서 떨어져 나온 듯한 이상한 기분을 맛보았다. 마치 내가 내 머리 위 1~2미터 상공에서 나 자신이 내려가는 광경을 지켜보는 듯한 느낌이었다. 나는 내가 초록색 카디건과 윙팁스를 걸치고 있다고 생각했다. 강풍이 풍속 냉각 현상을 불러일으켜 기온이 영하 60도 가까이 떨어졌으나 이상하게도 따뜻한 기분이 들었다." (존 크라카우어)

그런가 하면 환각 증상도 죽음 근처에 다다른 경우에 일어난다.

"얼마 지나지 않아서 나는 수시로 잠에서 깨어났다. 추위 때문이었다. 그리고 어렴풋이 의식이 돌아올 때마다 나는 중얼거리고 있었다. 자주 만나던 사람들과 어울려서 맥주잔을 부딪치고 있었고, 사소한 이야기에 박장대소를 하며 고개를 흔들고 있었다. 환각이었는지 환청이었는지, 따뜻한 아랫목에 누워 있다가 어머니가 부르는 소리에 거실로 향하는 방문을 열고 나갔고, 식구들 틈에 끼어 흰 쌀밥에 고기를 얹어 먹기도 했다. 그런 장면들에서 깨어날 때마다 온몸이 떨려왔

고 시간은 더디게 흘러갔다." (엄홍길)

죽음의 지대에서 겪는 환각에 관한 내용은 라인홀트 메스너가 쓴『죽음의 지대』라는 책에 자세히 담겨 있다. 전 세계 여러 등반가들의 '죽음과 대면했던 극한체험'을 심층적으로 연구한 보고서인데 고소에서의 특이한 체험과 등반 중 추락 시의 체험을 파고들었다.

메스너의 연구에 따르면 등반 중 불시의 추락에서 임사체험(Near Death) 같은 특별한 체험이 일어난다. 등반은 추락을 동반한 스포츠다. 갑자기 추락을 할 때 의식의 확장이 일어난다고 한다. 신기한 것은 죽음의 지대가 아닌 낮은 지대에서 추락 시에도 이런 체험을 한다. 추락 시에 공포나 고통을 느끼지 않으며 짧은 추락 동안 순간이지만 떨어지면서 이제는 죽는구나 하는 순간 불안이 가시고 지난날의 일들이 눈앞을 스치며 시간감각이 없어진다. 그리고 갑자기 가족과 친구가 생각나며 자기가 자기의 몸에서 빠져나와 밖에서 자기를 쳐다보는 유체이탈 현상까지도 느낀다.

나도 대학 3학년 때 직벽에서 40미터 가까이 추락하였는데 자세히 기억나지 않지만 짧은 찰나의 추락 시간 동안 꽤 많은 기억들이 주마등처럼 지나가면서 오랜 시간 동안 추락한 듯 여겨졌다. 헬멧 앞부분이 암벽을 긁으면서 추락하였는데 헬멧을 안 썼더라면 코가 갈렸을 것이다. 그런데도 공포심이나 긴장은 없었고 마음이 편안했던 것으로 기억된다.

고산병!
고소 그 자체가 원인

히말라야에 발을 딛는 순간 누구나 걸음걸이가 느려질 수밖에 없다. 고산 등반의 복병, 고산증 때문이다. 한국 산에서처럼 빨리 움직이다가는 얼마 못 가 쓰러진다.

보통은 3,000미터에서부터 경미한 고소증을 느낀다. 대부분의 유명한 해외 트레킹 코스는 3,000미터 이상 고도에 있다. 트레커들도 에베레스트 같은 8,000미터 봉우리의 베이스캠프까지 갈 수 있다.

내가 겪은 바로는 한국에서 훈련할 때 체력적으로 강했던 20대 청년들이 고소에서 먼저 고산병으로 고생했고, 그 여파를 극복하지 못해 등정에도 성공하지 못했다. 국내에서 훈련할 때 계속 앞서 걸었던 우수한 대원이니 히말라야에 가서도 남들보다 뒤처지는 것을 심리적으로 받아들이지 못하는 것 같다. 자기 몸 상태를 솔직히 드러내고 속도를 조절해야 하는데, 정상공격조에서 탈락될까봐 고소증이 왔다는 사실을 숨기는 것은 물론 아무 일 없는 것처럼 오버하다가 컨디션 난조에 빠진다.

반대로 나 같은 경우는 상대적으로 국내에서부터 약한 축에 속했으니 원정 가서도 남들 뒤에서 천천히 따라가면서 고소 적응을 잘 할 수 있었던 덕분에 원정마다 정상에 올랐다.

더 재미있는 사실은 괜히 자존심 걸고 오버페이스하다 원정대 용어로 '고소에 맛이 가는' 경우를 본다. 등반 중에 외국의 여자대원이 우리나라 남자 대원보다 등반 속도가 더 빠른 경우가 많다. 체력적으로 앞서는 것이다. 캠프3 이상은 보통 고도가 7,000미터 이상이고, 가파른 지형이어서 등반 루트에 고정로프를 깔아 놓는다. 어느 원정대나 그 외줄에 연결하여 오르내리게 되는데, 뒤에서 외국 여자대원이 빠르게 올라와서 추월하려고 하면 비켜주면 될 것을, 남자의 자존심인지 지지 않으려 오버페이스를 하는 걸 봤다. 당연히 고소증이 심해진다. 그렇게 한 번 고소에 맛이 가면 회복하기가 쉽지 않다.

높은 산의 저기압과 저산소는 우리 몸의 세포에 영향을 미치고 각 부분에 심각한 손상을 준다. 고소라는 새로운 환경에서 우리 몸이 적응하지 못하여 생기는 여러 가지 증상을 고소증 또는 고산증이라 한다. 고산증은 단지 희박한 산소 때문만은 아니고 추위, 탈수, 피로, 영양결핍, 심리적 문제 등이 복합적으로 작용하여 일어난다. 고산병이 발병했을 때 단지 산소만 공급해준다고 해결되는 것이 아니라 고소를 내려와야 호전이 되는 것으로 봐서 '고소 그 자체'가 총체적 원인이 된다고 할 수 있다.

두통, 불면증(Insomnia), 무력증, 권태, 운동실조, 식욕감소, 장내 가스 발생, 오심과 구토, 말초기관의 부종, 뇌부종, 폐부종(폐수종) 등의 증상들이 나타난다. 한 가지 증상만 나타나는 경우는 드물고 대개 복합적으로 나타난다.

몸의 심각한 변화 중 하나는 부종이다. 저기압 상태가 모세혈관 내막에 변화를 일으켜 체액을 누출시켜 부종이 생기게 된다. 가장 위험한 것은 폐부종이나 뇌부종인데 혈관에서 새어나온 물이 폐나 뇌에 고여 생긴다. 고소폐부종의 대표 증상은 '쇠약권태'이다. '믿을 수 없도록 게을러지고, 무력해지는 것'인데 심하면 잘 걷지도 못 하는 상태가 된다.

박영석 대장이 1997년 가셔브룸 정상 오르기 하루 전날 밤에 캠프 4에서 한숨도 못 자고 숨 쉴 틈도 없이 거칠게 기침을 쏟아내는 것을 보고 나는 그가 기침하다 죽을 것만 같았다. 박 대장은 수십 차례의 8,000미터 등반으로 폐에 문제가 많았다. 폐부종 증상으로 미친 듯이 기침을 하는 걸 보고서 의사는 '등반을 떠나면 죽는다'고 경고했다는데, 등반을 멈추지 않았다. 보통 사람 같았으면 그 상태로 등반을 계속할 수 없었을 것이다.

고소뇌부종의 증상은 운동실조로 나타난다. 운동실조에 걸리면 만취한 사람처럼 비틀거리게 되는데 몇 번의 원정 때마다 고소 적응이 안 좋은 여러 명에게서 이런 증상을 보았다. 고지대에서는 뇌량(腦梁)에서 혈장 유출이 발생할 가능성이 높아서 뇌 내부의 압력을 높인다. 균형감각을 담당하는 소뇌에 이 내부 압력이 영향을 미치기 때문에 비틀거리며 걷게 된다. 뇌간의 압력이 더욱 높아지면 혼수상태와 죽음으로 이어질 수도 있다.

이렇게 비틀거리다가는 험난한 지형에서 추락으로 이어지기 십상이라 매우 위험하다. 본인의 힘으로 잘 걷지를 못 하니 구조가 매우 어려워진다.

내 경험담이다. 2002년에 페루 안데스에 대한산악연맹에서 청소년오지탐사대를 파견하였는데 나와 캠프2까지 갔던 고등학생 한 명이 텐트 밖으로 한 발자국도 움직이지 못했다. 전날까지는 힘들어하는 정도였는데 하룻밤 자고 나니 고소무력증으로 악화됐다.

다행히 다른 외국 팀이 가모우 백(Gamou Bag)을 가지고 있어 응급처치를 받게 했다. 가모우 백이란 사람이 한 명 들어가 누우면 기압과 산소를 펌프해주어 산 아래에서와 같은 환경으로 만들어주는 가방 모양의 치료기구이다.

그래도 스스로 걷지를 못하여 배낭과 매트리스를 임시로 엮어서 들것을 만들고, 가이드와 내가 눈 위에 미끄러지게 해서 힘들게 끌고 내려왔다. 캠프1에 내려오니 언제 그랬냐는 듯 두 발로 걷게 되어 베이스캠프까지는 자기 발로 걸어 내려왔다.

고산병을 예방하려면 아주 천천히 무리하지 않고 올라가야 한다. 단시간 내에 높은 고도에 도달할수록 고산병에 걸리기 쉽고 그 증상도 심하게 나타난다. 만일 헬리콥터를 타고 단시간에 에베레스트 정상에 사람을 올려다 놓으면 두 시간 안에 죽을 수도 있다.

또한 과도한 운동이나 탈수현상이 있을 경우에도 쉽게 고산병에 걸리게 되므로 무리하지 말고 하루 3리터 이상의 물을 충분히 마셔야 한다. 고산병 발병률에 남녀의 차이는 없다고 알려져 있다. 일반적으로 젊은 사람이 나이 든 사람보다 더 위험성이 높은데, 이것은 젊은 사람이 더 운동량이 많고 더 빨리 올라가기 때문인 것으로 보인다.

고소증은 예측할 수가 없어서 고소에 직접 가봐야 알 수 있다. 국내에서 훈련할 때 우수한 사람이 고소에서 맥을 못 추는 경우도 흔하다. 8,000미터급 산을 등정했던 등반가가 7,000미터급 산에서 고산병으로 사망하는 사례도 있다.

스위스 산악인 마르셀 루에디는 14좌를 완등한 첫 번째 사람이 되려는 조급증으로 그의 열한 번째 8,000미터인 마칼루 베이스캠프에 헬리콥터를 타고 내려, 취리히를 떠난 지 일주일여 만에 정상에 올랐다. 그러나 하산 길에 폐수종으로 사망했다. 이처럼 세계 정상급 산악인이라도 단기간에 고도를 높이면 죽을 수 있다. 원정 경험이 있는 한국 팀의 대장이 에베레스트 베이스캠프에 도착해서 고소증으로 사망한 예도 있으니 자만은 금물이다.

고산병 이기기

"대가리 안 덮어?"

대가리를 덮다니? 이것은 대원들이 모자를 안 쓰고 돌아다니다가 대장에게 걸려 혼나는 소리다. 히말라야 원정에서 경험 없는 후배들이 모자를 깜박 잊고 맨 머리로 있는 걸 보면 어김없이 이 말이 날아왔다. 대장의 그 한마디에 고소에서는 거의 24시간 모자를 벗지 않는 것이 불문율처럼 되었다. 그 대장이 수많은 경험으로 얻은 철칙이었다. 꼭 모자를 쓰고 목에는 스카프를 둘러 보온에 각별히 신경을 썼다. 그 후로 필자는 배운 대로 후배들을 챙겼다.

모자 좀 안 썼기로 그렇게 욕까지 먹어야 하는지 이해가 잘 안 되는 독자들이 많을 것이다. 산악인들은 '고소를 먹는다'는 표현을 쓰는데, 고소를 먹지 않으려 전문 산악인들이 대처하는 노하우를 정리한다.

첫째 일단 모자 이야기로 시작했으니 '보온' 이야기를 먼저 한다.

오은선 대장은 정상을 얼마 안 남기고 아깝게 돌아선 적이 있는데, 다른 때와 다르게 머리가 너무 시려 뇌가 얼어버릴 것 같았다고 했다. 물론 당연히 모자도 쓰고 있었지만 몸의 컨디션 탓이리라.

고산에서 보온에 실패하면 컨디션이 갑자기 나빠지며 고산증이 심해진다. 추우면 목과 머리부터 보온하는 게 필수이다. 머리와 목에서 체온을 가장 많이 빼앗기니 고산지대에서는 반드시 모자를 쓰고, 목 부분은 옷깃으로는 완전히 커버가 안 되니 버프나 스카프를 두른다.

고산뿐 아니라 국내산에서도 체온 유지에 실패하면 위험에 빠질 확률이 높아진다. 겨울 산행에서 춥다고 두꺼운 다운재킷을 껴입고 땀을 뻘뻘 흘리고 오르다 쉴 때는 땀이 났으니 옷을 벗고 쉬는 사람들이 참 많다. 반대로 해야 하는데 말이다. 쉴 때는 금방 체온이 떨어지니 쉴 때는 옷을 꺼내 입고, 다시 출발하려면 벗어서 배낭에 넣는 식이다. 너무 추운 날에는 쉬었다 다시 출발할 때 입었던 보온 옷을 벗기가 싫다. 그러면 조금 걷다가 땀이 날 듯 체온이 오르면 그때 벗는다. 물론 날씨 상황에 따라 천편일률적인 것은 아니니 오해 말길. 기온이나 눈, 바람 유무에 따라 체온을 유지하기 위해 옷차림은 늘 변화를 줘야 한다.

첫째, 경험담 하나!

내가 여행사 모객 상품으로 초등학생 딸과 중학생 아들까지 데리고 온 가족 안나푸르나 트레킹을 갔을 때이다. 점심 때 들른 로지 마당은 햇볕도 따뜻하고 계곡물을 파이프로 끌어와 물이 계속 흘렀다. 시간도 여유로우니 30대 남자 한 명이 찬물에 머리를 감겠다는 것이다. 가이드와 여러 사람이 말렸는데도 머리를 감더니 그날 밤 로지에서 고소증으로 컨디션이 확 나빠졌다. 우리 아이들과 다른 어르신들은 비교적 괜찮았다. 머리를 감기 전에는 괜찮았을지 모르나 젖은 머리가 체온을 급격히 뺏어간 것이다. 또 찬물로 머리를 감느라고 모세혈관이 급격히 수축했으리라. 그러면 모세혈관을 따라 흐르는 혈액의 양이 줄어들 것이고 이에 따라 산소의 흐름도 원활하지 못하다. 잘 때도, 트레킹 도중 쉴 때도 꼭 추위를 느끼지 않도록 보온에 신경 쓰자. 고소에서는 경험자 말을 잘 들어야 한다.

둘째, "비스타리, 비스타리(천천히)"

'비스타리 비스타리'는 네팔 말로 '천천히 천천히'라는 뜻이다.

킬리만자로를 오를 때는 '뽈레 뽈레'를 가장 많이 듣는다. 아프리카말로 '천천히 천천히'라는 뜻인데 고산을 오를 때 성질 급하고 걸음이 빠른 사람이 고산병에 가장 먼저 쓰러질 수 있다.

고소에서 빨리 움직이고 동작이 크면 근육이 산소를 우선 쓰기 때문에 뇌에 산소가 부족해진다. 이러한 이유로 국내에서 자기가 메던 대로 무거운 배낭을 메고 가기가 어려운 것이다. 일단 고소증이 온 후에 대처하는 것보다는 천천히 오도록 예방하는 것이 답이다.

히말라야 트레킹은 천천히 걷고 일찍 도착해서 충분히 휴식을 취하도록 여유 있게 진행하는 것이 가장 좋다. 그런데 대부분의 사람들이 단체 여행상품으로 가는 경우가 많아서 일정에 떠밀려 본인의 상태와 상관없이 이동해야만 한다. 고산증이 오면 고도를 낮추거나 하루 더 쉬면서 적응을 하면 좋아지는데 말이다.

셋째, 수면 고도

의사들은 고산에서는 하루에 300~500미터 이상씩 수면 고도를 높여서는 안 된다고 한다. 보통은 잠잘 때 고산병이 심각해지기 때문이다. 낮에 자신의 최고 높이에 올라갔어도 밤에는 반드시 그보다 낮은 고도에 내려와서 자는 것이 좋다. 가장 높이 올라간 고도에서 첫잠을 자고 나면 고소증이 심해지는 것이 일반적이다. 그리고 보통 1,000미터를 올리면 하루 쉬면서 순응을 한다.

전문 등반가도 캠프1에 짐을 올리고 다시 내려와서 베이스캠프에서 자고, 다른 날 다시 올라가서 캠프1에서 잠을 자면서 상태를 본다. 캠프1에 적응이 되었으면 캠프2로 짐을 올리고 다시 캠프1으로 내려와서 잠을 자고 이렇게 반복하면서 고도에 순응을 하는 것이다.

넷째, 물 많이 마시기

고소에서는 물 마시기에 소홀하면 안 된다. 공기가 건조하여 호흡으로 하루 1~2리터의 수분을 방출한다고 한다. 목이 마르지 않아도 수시로 수분을 보충해야 한다. 고소에서는 갈증반사가 늦어져서 목마름을 느끼지 않아도 탈수 상태일 수 있다. 하루에 3리터 이상 물을 마시도록 신경써야 한다.

다섯째, 과식 안 하기

고소에서는 소화도 잘 안 된다. 생존에 필요한 산소가 뇌 등 중요한 곳으로 먼저 배당이 되니 음식을 소화시키기 위한 산소가 위에 덜 가기 때문이다. 고기류보다는 소화가 쉬운 탄수화물 종류가 좋다. 고소에 노

출되는 첫 며칠 동안은 70~80% 탄수화물 식사를 하는 것이 고산병 증세를 감소시키는데 도움이 된다고 한

남미 안데스에서 고산병 약으로 유명한 소로치

다. 과음도 탈수를 유발하니 자제하는 것이 좋겠다.

여섯째, 약물 보조

의사의 처방을 받아 고산증을 완화해주는 약물을 복용하는 것도 방법이다. 다이아목스(아세타졸라마이드), 혈액순환 개선제인 깅코 바일로바(은행잎 추출물로 징코민, 기넥신 등), 비아그라(화이자), 국산 자이데나(성분명 유데나필, 동아제약)와 시알리스(일라 이 릴리), 남미 여행자들이 현지에서 이용하는 소로치 등이 알려져 있다. 효과는 사람마다 다 다르고 경험자들의 의견도 다 다르니 약물에 지나치게 의존하기보다는 천천히 오르기 등 기본적인 수칙을 잘 따르는 것이 우선이다. 의사 처방전이 필요한 약이 대부분이므로 반드시 의사 상담 후 처방받아야 한다.

고산에서는 자만하지 않고 몸가짐에 각별히 조심하는 자가 고산병에 무너지지 않는다. 산악인들조차 자신의 고소 적응 능력이나 체력을 과신하여 음주를 조절하지 못하거나 몸을 과하게 혹사해 고산병에 혹 가는 경우도 있다.

고산병 예방 전략-안 씻고 버티는 게 훌륭한 대원

고산 등반에서는 '잘 먹고', '잘 자고', '잘 싸는' 삼박자만 잘해도 성공이다. 아무리 등반을 잘하는 사람도 이것 중에 한 가지라도 밸런스가 깨지면 성공은 물 건너간 것이나 다름없다.

그러나 '잘 씻는' 문제는 생존이나 등정 성공과는 관계가 멀고 원정대의 문화에 따라 오히려 금기시되는 분위기다. 고소에서 샤워나 머리를 감고 고소증을 악화시킬 수도 있고, 따뜻한 물을 만들기 위해서 물과 연료를 써야 하기 때문에 가능한 안 씻고 버티는 게 훌륭한 대원 축에 속하는 것이다. 한 달 간 샤워를 안 하거나 속옷 한 번을 안 갈아입는 막강 대원도 있다.

베이스캠프에 도착해서부터 약 한 달 이상 머무는 동안 위쪽 캠프로 짐도 나르고 루트 개척도 하면서 땀도 흘리는데 안 씻고 살 수는 없다. 불편한 환경에서 씻는 문제는 각자의 성격이나 부지런함과도 관계가 있지만 팀의 분위기도 한몫을 한다. 허용적인 분위기에서는 좀 더 자주 씻을 수가 있지만 그렇지 않은 분위기라면 자주 씻는 것은 눈치가 보이는 일이다.

여자라고 특별 대접으로 물을 데워 샤워를 하는 것은 대단히 눈치가 보이는 일이다. 고산에서는 자외선이 워낙 강해 선크림을 덕지덕지 바르고 살기 때문에 세수를 안 할 수가 없다. 매일 물 세수를 하는 대원은 없다. 세숫물도 호사이기에 나는 마실 물을 손수건에 적셔 세수는 해결하고, 며칠에 한 번 물수건 하나로 샤워를 대신한다. 그마저도 여의치 않으면 물티슈 한 장으로라도 깔끔을 떨었다.

그런데 샤워는 참는다 해도 늘 모자를 쓰고 있으니 두피가 간지러워 참기 어렵고 머리카락이 많이 빠지기도 한다. 남자 대원들은 한국에서 머리를 박박 밀고 가기도 한다. 머리카락이 없으면 머리 감을 필요가 없고 탈모 걱정도 덜하다는 이유에서다. 머리가 긴 여성 대원의 경우 어쩔 수 없이 남자보다 자주 머리를 감는 것은 묵인해주어 일종의 특혜는 받았다.

97년 가셔브룸 베이스캠프에는 워낙 대원이 많아서 샤워텐트를 하나 세웠다. 베이스캠프에서 날이 좋은 날을 골라 씻을 물을 한 양동이 들고 샤워텐트로 들어간다. 옆에 흐르는 빙하 물은 맘껏 써도 되지만 얼음장이고, 5,000미터 위에서 한국에서처럼 얼음물로 씻다가는 아마도 컨디션 난조로 앓아 누울 것이다. 1인당 주어지는 온수라야 양동이 하나 정도이니 그것으로 머리 감고 샤워까지 하고 빨래도 해가지고 나오려면 각자 아이디어와 노하우를 발휘해야 된다.

어느 외국 팀은 샤워세트를 설치하기도 하여 부럽기도 했다. 키보다 높이 설치한 통에 온수를 채워 샤워기를 통해 샤워를 하는 것이다. 환경오염 같은 문제는 윤리적으로 중요한 문제이나 히말라야에서는 실제 몇 명 되지 않는 인원이 짧게 살다 가는 것이기 대자연에서 그리 양심의 가책을 받지는 않았다.

하지만 남극 최고봉인 빈슨 매시프 등반을 갔을 때는 달랐다. 청정 남극 얼음 위에 어떠한 오염 행위도 해서는 안 되기 때문에 마시고 남은 찻물 한 방울도 함부로 얼음 위에 버리면 안 되었다. 남극에 들어간 인간의 대소변도 전부 통에 담아서 다시 육지로 가지고 나온다.

그러기에 샤워는 언감생심인데 남극 등반 시즌 두 달 간을 캠프에 머무는 스태프들은 특별한 날 샤워 선물을 받는다고 했다. 여성 캠프 매니저는 어느 날 생일 선물로 샤워를 했다고 아주 행복해 했다. 남극에서는 최고의 선물이 샤워였다.

독자들 중에 히말라야나 안데스 등으로 트레킹을 다녀온 분들은 이런 실상이 의아할 수도 있다. 일반 트레킹 팀은 아침에 일어나면 텐트 앞에 따뜻한 세숫물을 대령하기도 하고 따뜻한 모닝티를 룸서비스로 대령하는 수준이니 말이다.

에베레스트와 알피니즘,
인류무형문화유산에
이르기까지

_ 라인홀트 메스너(Reinhold Messner, 1944~)

"8,000미터 정상의 길은 멀다. 그것은 인생의 길이며 죽음의 길이다. 모험에 나서려면 목숨을 거는 결단이 필요하다. 높이 오를수록 스스로가 더 맑고 뚜렷하게 보이며 감각이 예민해진다. 그가 온 정열을 쏟은 정상이 구체적인 모습으로 그의 것이 된다. 그는 환하게 빛을 내는 그 안으로 들어가서, 가장 이상적인 경우 열반 속으로 사라지게 되는 것이다."

8848이 무엇이기에

    핸드폰에 저장된 전화번호 앞자리나 뒷자리가 8848인 사람이 있는지 한번 검색해보라. 나는 50명이나 된다.

    이 숫자를 전화번호로 쓴다면 십중팔구는 산악인이 맞을 것이다. 이런 사람들은 전화번호가 아니라도 생활 곳곳에서 비밀번호를 설정해야 할 때 거의 무의식적으로 8848을 떠올리거나 사용하고 있을 수도 있다. 물론 통계는 없지만 말이다.

    이 숫자가 무엇이기에?

    바로 세계에서 가장 높은 산인 에베레스트의 높이다. 세계에서 가장 높은 산 에베레스트를 비롯해서 8,000미터 이상인 산은 히말라야 산맥에만 솟아 있다. 그래서 히말라야를 지구의 지붕이라고 한다. 8,000미터 넘는 산 중에 독립봉으로서 이름을 가지고 있는 산이 14개다. 그래서 8,000미터 14좌라는 말이 생겼다.

히말라야 산맥 다음으로 천산 산맥에는 7,000미터대 산들이 솟아 있고, 남아메리카의 안데스 산맥에는 6,000미터대의 산들이 있다. 아프리카에는 최고봉 킬리만자로가 5,000미터 대이다. 참고로 우리나라에서는 2,744미터의 백두산이 북쪽에서 가장 높고 남쪽에서는 1,950미터의 한라산이 제일 높다.

지구에서 가장 높은 곳 에베레스트!

비록 현실적으로 그곳에 도전하지는 못할지라도 '8,848'이라는 숫자를 기본 코드같이 사용하는 사람들의 마음이 이해된다.

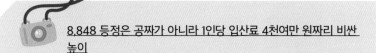

8,848 등정은 공짜가 아니라 1인당 입산료 4천여만 원짜리 비싼 높이

미국 등반가 리지웨이는 "에베레스트는 상징이요 비유며, 궁극의 목표"라고 했다. 그곳은 단순히 지구에서 제일 높다는 이유만으로 오르려는 게 아니라 산악인으로서 언젠가는 넘어야 될 지존의 용마루라는 것이다.

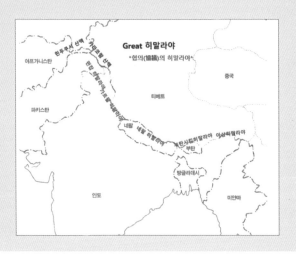

에드먼드 힐러리 경 얼굴이 들어가 있는 뉴질랜드 5달러짜리 지폐.
1953년 힐러리 경의 에베레스트 초등을 기념하여 발행되었다. 배경으
로 뉴질랜드 최고봉 마운트 쿡(3,724m)이 들어가 있다.

에베레스트
에스컬레이터

겨울 한라산 등산 해보신 분?

2014년 겨울 한라산 등반 당시 눈이 많이 내린 후라 그 장관을 놓칠
세라 전국에서 몰려든 사람들로 인산인해였다. 우리 팀은 성판악으로
올라가서 관음사로 내려오는 일정이었다. 성판악 들머리에서는 형형색
색의 등산객들이 북적였지만 기대와 설렘과 들뜸이 더 컸다. 날씨도 화
창하여 사진도 찍으면서 삼삼오오 여유 있게 설경을 만끽하면서 오를
수 있었다.

그런데 위로 올라갈수록 오로지 외길로 사람들의 줄이 길게 이어졌
다. 등산로 좌우로는 허리까지 눈이 쌓여 있어 길을 벗어나면 눈 속을
헤엄쳐야 하니 추월할 방도도 없고 그저 앞사람을 따라 올라가야 했다.
무슨 이유인지도 모르고 앞에서 멈춰 서면 따라서 멈췄는데 나중에 보
니 사진을 찍거나 걸음을 쉬는 사람들 때문이었다. 그 줄에 서 있는 사

람 모두가 한 줄에 엮인 굴비처럼 사람들을 따라 밀려서 걸어가는 수밖에 없었다. 가끔씩 추월할 수 있는 지형이 나타나면 신속하게 앞질러 가곤 했는데 마치 문제아 보듯 사람들의 따가운 눈총을 받았고 몇몇은 꾸지람을 하기도 했다.

드디어 정상 부근, 그러나 상황은 더 심각해졌다. 내려오는 사람들이 너무 많아서 그들에게 길을 비켜주느라 올라가는 사람들은 장시간 기다리는 병목이 일어난 것. 때마침 정상을 향해 바람까지 세차게 부는 통에 눈을 제대로 뜨지 못할 정도였다. 바람이 너무 세차서 혼비백산할 지경인데 워낙 조금씩 전진하니 춥고 시리고 덜덜 떨리기 시작했다. 모자나 장갑도 없이 귀가 새빨개진 등산객들이 눈에 들어왔다. 나도 추워 죽을 지경이었지만 남 걱정을 하고 있었다. '하산해서 여러 명 동상 치료 받겠구나'라는 생각이 들었다.

그날 대부분의 사람들이 그렇게 움직이는 것이 그 산의 치명적인 위험이라는 생각이 들었다. 그 구간에 장시간 서 있으면서 이런 의문이 들었다. 이 산, 이 시간의 모든 사람들이 그중 걸음이 제일 느린 사람의 속도로 다 같이 움직여야 하는 게 맞는가? 빠른 사람들은 추월할 수 있도록 해줘서 분산시키고 정체를 줄이는 것이 덜 위험하지 않을까?

어찌됐든 정상에 도착해서는 기념사진이고 뭐고 빨리 바람이 없는 곳으로 내려가는 것이 최선이었다. 그 바람 속에는 스키고글이 제격이다. 스키고글을 쓰고 옷을 꺼내 입는 것도 무슨 히말라야 등반 중인 상황 같았다. 실제로 겨울 한라산은 히말라야 못지않은 극한 환경이 만들어지기도 하여 산악인들에게 좋은 훈련지가 되어 주는 곳이다.

"그런데 말입니다, 세계 최고봉 에베레스트의 모습도 이와 다르지 않

다는 사실이 상상이 되나
요?"

뉴스에 나온 사진들을
찾아보면 알게 될 것이다.
에베레스트에서 줄지어 선
사람들의 사진이 마치 지
하철 에스컬레이터를 보는
듯하다. 고작 2,000미터도

2019년 5월 22일 에베레스트 정상 직전 난구간인 힐러리스텝
(8,770m)에서 나타난 병목 현상. 에베레스트에서는 2019년 봄
등반시즌에만 11명이 사망했다.(사진: 니르말 푸르자 페이스북)

안 되는 한라산의 경험이 그러할진데 8,000미터 위에서 얼마나 위험한
상황이 생길지 누구라도 충분히 예측 가능한 일이다.

도대체 얼마나 많은 사람이 가기에 그렇게 정체가 생기는 것일까?

에베레스트는 가고 싶다고 아무나 올라가는 산이 아니다. 네팔 정부
는 1만1천 달러의 입산료(2019년 기준)를 받고 허가를 내주고 있다. 네팔
쪽에서 봄 시즌에만 2017년 366명, 2018년 346명, 2019년 381명이었
다. 이들을 돕는 셰르파 등 네팔 국적자의 수는 제한하지 않는다하고,
비싼 참가비를 받고 초보자를 정상에 올려주는 상업 등반대는 고객 한
명당 2명 이상의 셰르파를 붙이기도 하니 실제 인원은 1,000명도 넘을
듯하다.

2000년대 후반부터는 일 년에 에베레스트 등정자가 수백 명씩 나오
고, 하루에 20여 개 팀씩 정상을 오른다. 한 여름 시즌에는 관광지나 피
서지도 아닌데 베이스캠프에만 상업 등반대 1천여 명이 북적인다니 그
곳의 각종 진풍경이 상상이 된다.

네팔 관광청에 따르면 2019년 봄 시즌 네팔 쪽으로 868명이 등반을

지난 2012년 5월 에베레스트 캠프3과 캠프4 사이에 길게 늘어서 있는 세계 각국의 원정대원들

시도해 그중 281명이 정상에 섰다. 사상 최대 등정자 숫자이다. 하지만 일주일 새 최소 10명이 사망하는 사고가 발생했는데, 산사태나 강풍 등 자연재해가 아닌 초보자들이 과도하게 몰리면서 발생한 인재(人災)였다.

보통 5월~6월 봄 시즌이 가장 오르기 좋은 계절이라 사람이 가장 많이 몰린다. 사람이 많이 모였지만 여러 날짜에 걸쳐 분산되면 좋은데 실제는 기상이 좋은 날을 기다려 오르기 때문에 어느 일부 날짜에 몰리게 되는 것이다. 에베레스트를 포함하여 히말라야 8,000미터급 봉우리는 날씨가 안 좋으면 아무리 뛰어난 산악인도 올라가기 힘든 곳이다. 날씨가 안 좋았던 해에는 하루에 열 명까지도 사망자가 나오기도 한다. 그런가 하면 11일 동안 연속으로 날씨가 좋았던 2018년에는 네팔 쪽에서 총 562명(대원 266명, 가이드 296명)이 등정했고, 중국 쪽으로는 총 240명(대원 130명, 가이드 110명)이 정상에 섰다. 사망자는 단 5명에 불과했다. 이렇게 좋은 날씨가 11일 간이나 지속되는 것은 에베레스트나 8,000미터 산에서 정상적인 것은 아니다. 최근에는 지구 온난화로 기상이 더욱 불규칙한 상황이니까.

또 정상까지 사다리나 고정로프가 놓이고 루트가 개척되는 것을 기다렸다가 일시에 정상공격의 날을 잡기 때문에 등반 가능한 일정은 짧아진다.

또 이들 중 초보자가 많아서 문제가 된다. 한라산에서처럼 추월할 수 없는 구간에 한 사람이라도 길을 막고 있으면 줄줄이 피해자가 될 수밖에 없다. 네팔 쪽에서 에베레스트 정상을 가기 위해 거쳐야 하는 힐러리 스텝(8,770m)은 제일 어려운 구간으로, 추월하거나 양방향 등반이 힘든 곳이다. 일정 시간에 사람이 몰리게 되는데 많은 초보자까지 끼어 있으니 병목현상이 심해져 몇 시간씩 대기하는 경우가 생긴다.

게다가 에베레스트의 그 높이는 뛰어난 산악인을 제외하고는 대부분 산소통을 메고 오른다. 그렇게 지체하면서 산소가 바닥나고 캠프4까지 어두워지기 전에 내려가지 못하면서 죽음에 가까워지는 위험한 상황에 노출된다.

에베레스트 진기록

다베이 준코는 1975년 여성 최초로 에베레스트를 등정했고, 앨리슨 하그리브스는 1994년 5월, 33살의 나이에 여성 최초로 에베레스트 무산소 단독 등정에 성공했다.
1988년 프랑스의 장 마크 브와뱅은 패러글라이딩으로 2캠프까지 하강에 성공했다.

다베이 준코

앨리슨 하그리브스

1990년 에드먼드 힐러리 경의 아들 피터 힐러리가 부친이 37년 전 올랐던 남동릉을 타며 최초의 부자 등정 기록을 세웠다. 미국의 첫 에베레스트 등정자인 비숍의 아들 브렌트 비숍이 1994년 에베레스트를 등정하면서 부자 등정 두 번째를 기록했으며, 텐징 노르게이의 아들 잠링 노르게이가 1996년 에베레스트 등정에 성공, 세계에서 세 번째를 기록했다.

1994년 오스트리아의 마이크 라인베르거는 여섯 번의 실패를 극복하고 등정한 뒤 정상 바로 밑 20미터 지점에서 비박을 했으나 다음 날 사망했다. 지구상 가장 높은 곳에서의 비박이었다.

2000년 밀레니엄의 해를 맞아 에베레스트에서는 봄에만 무려 130명의 등정자가 배출된다. 바부 치리 셰르파는 에베레스트를 16시간 56분 만에 단독 등정, 최단시간 등정기록을 깨고 기네스 신기록을 수립했다. 바부 치리는 전년도에 에베레스트 정상에서 무산소로 21시간 30분 체류라는 진기록을 수립했다. 그러나 안타깝게도 그는 2001년 11번째 에베레스트 등정 길에 사망했다. 2000년 10월 슬로베니아의 다보 카르니카는 에베레스트 정상에서 베이스캠프까지 5시간 만에 단 한 번의 스키 탈부착과 휴식도 없이 완벽한 스키 활강에 성공했다. 2년 전인 1998년에는 한스 카멀란더가 티베트 쪽으로 스키 활강에 성공한 바 있다.

2011년 미국의 13세 소년 조던 로메로는 최연소 등정 기록을 수립했다. 최고령은 2013년 80세에 오른 일본인 미우라 유이치로로, 앞에서 에베레스트에서 스키를 타고 내려온 사나이로 소개했다. 한국인으로는 1977년 고상돈 씨가 처음 등정했다. 등정자로는 58번째, 나라로는 여덟 번째였다. 2018년 카미 리타 셰르파가 22번째 에베레스트 정상 등정을 기록하면서 기네스 인증서를 받았다.

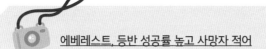

에베레스트, 등반 성공률 높고 사망자 적어

에베레스트는 등반 성공률이 높다. 히말라얀데이터베이스에 따르면 2018년 에베레스트 등정 성공률은 네팔 쪽에서 76%, 티베트 쪽에서 66%를 기록했다. 그해 802명이나 정상에 올랐다. 이전 최고 기록인 2013년의 670명을 거뜬히 넘었다. 1921년부터 2018년까지 에베레스트 등정 횟수는 8,306회. 중복 인원을 제외하면 4,833명이 정상에 올랐다. 등정 중 288명이 사망했다.

에베레스트는 등정자 대비 사망자가 6%다. 안나푸르나에는 261명이 올라갔고 71명이 사망했다. 27%로 '최악'이다. K2는 367명 등정, 84명 사망으로 23%를 기록하고 있다. 이렇게 에베레스트는 최고봉이라는 상징성과 비교적 안전하다는 생각이 맞물리며 등반가가 몰리고 있다.

네팔의 카미 리타 셰르파는 2018년 5월 21일 개인 통산 22번째 에베레스트를 등정함으로써 자신의 종전 기록을 경신했다. 5월 25일 카트만두에서는 그를 환영하는 카퍼레이드가 열렸다.

22번째로 에베레스트 정상에 선 카미 리타 셰르파와 그의 세계 최다 에베레스트 등정 신기록을 인정한 기네스 인증서

에베레스트 정상에 올라간 올림픽 금메달

2012년 하계 올림픽은 영국 런던에서 열렸다. 개막식을 앞두고 영국에서는 가장 핫한 등반가가 어떤 올림픽 금메달 하나를 가지고 에베레스트를 오르는 특별한 이벤트가 열렸다. 무슨 금메달이기에 에베레스트에 올려야 했던 것일까?

단순한 메달이 아니다. 바로 1924년 제1회 샤모니 동계올림픽 폐막식에서 영국인들이 받은 메달인데, 주인공은 1922년의 영국 에베레스트 원정대 전원과 눈사태로 숨진 셰르파 7명이었다. 원정대는 눈사태로 7명의 셰르파들이 사망하면서 철수를 했지만, 인류 최초로 에베레스트 8,326미터까지 오르고, 산소통을 고산 등반에 처음으로 도입한 기록을 남겼다. 이런 실패를 바탕으로 영국은 1953년 에베레스트 초등 국가가 되었다.

이때 조지 말로리도 금메달을 받았는데 그는 1921년, 1922년, 1924년 세 번의 영국 에베레스트 원정에 참여했다가 1924년 에베레스트 최고 높이까지 도달한 후 살아 내려오지 못했다. 75년 만인 1999년, 그의 시신이 에베레스트 8,150미터 지점에서 발견되었다.

초대 IOC 위원장인 피에르 드 쿠베르탱 남작은 실제 경쟁이 일어난 것도 아니고 실패한 등반이지만 '세계를 대표하는 절대 영웅주의(Absolute Heroism on Behalf of All of the Nations of the World)'를 기리기 위하여 금메달을 수여했다. 1922년 에베레스트 원정대의 부대장이었던 에드워드 리슬 스트러트(Edward Lisle Strutt 1874~1948)는 언젠가 에베레스트 정상에 메달 중 하나를 올려놓겠다고 다짐했고, 90년 후인 2012년 런던올림픽을 기념하여 그 약속을 지킨 것이다.

2012년 영국 산악인 켄턴 쿨(Kenton Cool, 1973~)은 성공하지 못한 1922년 영국 에베레스트 원정대 대원들에게 수여된 훈장 중 하나를 에베레스트 정상에 올렸다. 이 등반으로 그는 에베레스트를 10번째 올랐으며 런던올림픽의 이벤트로서 영상으로 중계되었다. 당시 삼성의 후원을 받아 삼성 로고가 새겨진 옷을 입고 올랐는데 유투브에서 그 영상을 볼 수 있다. 귀국해서는 크리스 보닝턴 등과 함께 성화 봉송의 영광까지 맡았다. 그는 산악 가이드와 동기부여 강사 일을 하고 있는데 2019년까지 에베레스트를 14번 올랐다.

한편 1932년 올림픽에서는 독일의 등반가인 프란츠 슈미츠(Franz Schmidt)와 토니 슈미츠(Tony Schmidt) 형제가 알프스의 마터호른 북벽을 초등(1931년)한 공로로 올림픽 알파인 상을 받았다. 1936년 베를린 올림픽에서는 히말라야 탐험으로 스위스의 귄터(Gunter)와 뒤렌푸르트(Mrs. Dyrenfurth) 부부에게 상이 수여되었다. 나치 정권에 대한 반발의

표시로 시상식에는 참가하지 않았다. IOC는 1946년 산악인들에게 주던 올림픽 알파인상[Alpinism Prize]을 철회했다.

그러나 1988년 캘거리 동계올림픽에서 라인홀트 메스너와 예지 쿠쿠츠카에게 히말라야 14좌를 완등한 공로로 은메달을 주기로 했다. 메스너는 등반은 순위를 겨루거나 경쟁하는 스포츠가 아니라는 의미로 수상을 거부했으나, 예지 쿠쿠츠카는 그 상을 받았다.

등반이 스포츠의 범주에 들어가느냐 아니냐의 판단과 선택은 나라마다 등반의 역사와 전통, 철학 등이 다르니 오피니언(Opinion) 또한 다를 것이다. 국내의 분위기는 아직까지 개인적인 자유 영역으로서 주관적인 오피니언의 수준이다.

한편 세계적으로 뛰어난 등반을 기록한 산악인들에게 주는 상이 있다. 국제적으로 인정받는 유일한 상 '삐올레 도르(Piolet d'Or)'이다. 등반가에게 주는 오스카상이라고 할까. 프랑스 산악전문지 『몽따뉴(Montagnes)』와 프랑스 고산등반협회(GHM, Groupe de Haute Montagne)가 공동으로 만든 상이다. 프랑스어 삐올레(Piolets)는 피켈, 도르(D'or)는 금(Gold)을 말하니 우리말로 하면 황금 피켈이다. 피켈은 산악인들을 상징하는 가장 대표적인 장비로서 수상자에게는 황금 피켈을 수여한다.

1992년부터 매년 1~6명이 선정되고 있다. 한국인으로서는 유일하게 강가푸르나 등반으로 2017년 고 김창호, 최석문, 옥정용이 심사위원 특별상을 수상한 바 있다.

심사 기준으로는 엘레강스한 등반 스타일, 창의력과 혁신성, 탐험정신, 독창성, 타인의 도움 유무, 원정대의 자율성, 등반 기술 수준 등이 있다. 또 위험한 등반 행위는 아니었는지, 파트너와 지역 원주민을 보호

했는지, 자연 보호를 실천했는지 등도 중요하게 따진다.

프랑스 황금피켈상은 워낙 기준이 높아 소수의 첨단 등반가들, 주로 유럽 산악인이 선정되기 때문에 아시아 등반가들은 수상할 기회가 드물다. 그래서 산악전문지 월간 『사람과 산』의 고 홍석하(1945~2018) 대표는 2006년 '아시아 황금피켈상'을 제정하였다. 처음에는 한·중·일이 주축이었고 나중에는 주변 아시아 국가로 확대되었다. 그해의 가장 뛰어난 등반을 발굴하고 치하하는 것이다. 수상자에게 주어지는 황금피켈은 프랑스 황금피켈위원회에서 제공받는다.

나는 외부 심사위원 자격으로 또 월간 『사람과 산』편집장 자격으로 몇 차례 아시아 황금피켈 심사에 참여했다. 우리들만의 리그인 셈이지만 아시아 각국의 젊은 등반가들은 그 자리에 초대되고 다른 나라의 등반가들과 교류하고 공감하는 자리가 있다는 점에서 고마워했다. 자신들의 창의적인 등반을 소개하고 평가받는 자리가 있기 때문에 그들은 등반의 준비, 실행과 기록, 보고에 있어 더욱 진지하게 임하고 있다는 생각이 들었다. 감히 그들을 심사할 자격이 되는지 조심스러웠지만 그들의 면면을 가까이서 봐서 영광이었다.

한편 전 세계적인 코로나19 팬데믹으로 2021년으로 연기된 도쿄올림픽에서 스포츠클라이밍이 정식 종목으로 치러진다. 스포츠클라이밍은 전통적인 등반을 위한 트레이닝으로 인공암벽을 만들면서 시작되었는데, 전문화되고 분화되어 경기 스포츠로 발전했다. 첫 공식대회는 1985년 이탈리아 바르도네키아에서 열렸고 1989년에는 영국 리즈에서 월드컵대회가 개최됐다. 올림픽에는 2014년 중국 난징 유스올림픽에 처음 진입했다.

한편 전통 등반에서 분화된 산악스키나 아이스클라이밍 종목도 월드컵과 세계선수권대까지 열리고 있으며 동계올림픽 종목으로 진입하기 위해 단계를 밟고 있다. 하지만 여전히 전통등반 영역의 고산 등반가들은 단순 스포츠라기보다는 철학이나 예술, 탐험정신과 같이 더 숭고하고 가치 있는 인류의 행위로 차별성을 부각한다.

'바이 페어 민즈'와 '고도보다는 태도'

　'바이 페어 민즈(By Fair Means)'와 '고도(Altitude)보다는 태도(Attitude)'는 산악인들에게 특별하고 중요한 의미를 가진 일종의 '키워드'다. 오늘날 등반 윤리로서 산악인들이 나아가야 할 방향을 제시해주고 있는 말이기도 하다.

　'바이 페어 민즈'는 '공평한 수단으로', '정당하게' 또는 '정직하게' 등의 의미이다. 기술보조 수단을 사용하지 않고 정직하게 등반하는 것을 말한다. 스포츠에서 쓰는 페어 플레이(Fair play)와 맥이 통한다. 스포츠가 아닌데 무슨 페어 플레이냐고 물을 수 있다. 하지만 현재 스포츠의 범위는 경기 스포츠뿐 아니라 레저 스포츠, 암벽등반과 같은 자연에서의 레저까지도 포함하는 개념으로 넓어졌다. 산악등반이 스포츠의 범주에 들어가는지에 대해서는 아직 명확하게 정리되지 않았다.

　'바이 페어 민즈'는 알버트 머메리(Albert Frederick Mummery, 1885~1895)

라는 산악인이 처음 남긴 말로서 그의 등반 철학을 나타내는 말이다. 영국 산악인 머메리는 1880년대 알프스에서 어지간한 봉우리가 다 초등이 되자 누구도 도전해보지 못한 어렵고 다양한 루트(More Difficult Variation Route)를 택해 오른 것으로 유명하다. 채집이나 수집 등 생계를 목적으로 한 것이 아니라 스포츠로서의 순수한 목적으로 암벽을 올랐고, 가이드 없는 산행(Guideless Climbing)을 추구했다. 이와 같은 개념을 핵심으로 한 그의 등반 철학을 머메리즘(Mummerism)이라고 한다.

아래는 머메리의 책에서 가져온 명언이다.

"참된 등산가는 하나의 방랑자이다. 내가 말하는 방랑자는 일찍이 인류가 도달하지 않은 곳에 가고 싶어 하는 사람, 일찍이 인간의 손가락이 닿지 않은 바위를 붙잡거나, 대지가 혼돈에서 일어난 이래 안개와 눈사태에 그 음산한 그림자를 비쳐온 얼음으로 가득 찬 걸리(gully 골짜기)를 깎아 올라가는 데 기쁨을 느끼는 사람을 의미한다. 바꾸어 말하면 참된 등산가는 새로운 등반을 시도하는 사람인 것이다. 그는 성공하거나 실패하거나 마찬가지로 그 투쟁의 재미와 즐거움에 기쁨을 느낀다. 그것을 이해하려면 그것을 느껴야 한다. 그것은 행복에 대한 강력한 감정이다. 그것은 온 혈관에 욱신거리는 피를 흐르게 하여 모든 냉소의 자국을 파괴하고 비관적인 철학의 뿌리 그 자체를 강타한다."

그는 1895년 당시로서는 처음으로 히말라야의 8,000미터급 고봉 낭가파르바트에 도전하였다가 생을 마감한다.

다음 주자는 헤르만 불(Hermann Buhl, 1924~1957)이다. 1953년에 낭가파르바트를 단독으로 오르고 하산하다 어두워져 깎아지른 사면에 선 채로 지옥 같은 밤을 지새우고 40시간 만에 마지막 캠프로 돌아온 초인 같은 이야기가 유명하다. 헤르만 불은 낭가파르바트를 처음 도전하다 희생자가 된 머메리를 생각하면서 "나는 당신의 말처럼 순수한 수단(By Fair Means)만을 써서 순전히 내 힘만으로 올랐다"고 말해 머메리의 철학을 뒤따랐다.

그 후 머메리즘을 실천한 이는 라인홀트 메스너이다. '바이 페어 민즈'를 실천한 그는 기술보조 수단이 산을 작게 만든다고 지적한다. 셰르파가 올려준 산소통을 사용하면 8,000미터 등반이 6,000미터급으로 쉬워진다고 했으며, 바위에 하켄이나 볼트를 남용하면 길은 훨씬 쉬워지지만 자연을 훼손시킨다. 산소나 하켄, 볼트 같은 장비를 사용하지 않는 것이 '바이 페어 민즈'라고 말한다. 다만 옷이나 고글, 자일, 스토브, 텐트 같은 기본적인 장비는 산을 작게 만들지는 않기 때문에 기술보조 수단이라고 하지 않는다.

이런 것은 거창한 등반가들만 실천하는 것은 아니다. 내가 대학 산악부에 입회하여 처음 암벽등반을 배울 때부터 이런 원칙을 따라 했던 것이다. 우리들을 엮은 자일은 추락을 대비한 안전용일 뿐, 줄을 잡고 쉽게 올라가기 위함이 아니었다. 처음 바위타기를 하면서는 개념이 없기에 추락할 것 같은 위기감이 들면 본능적으로 줄을 잡았는데 선배들에게 혼났던 경험이 나의 첫 '바이 페어 민즈' 경험이었다.

또 암벽등반 중에는 선등자가 추락하면 중간 확보물에 걸리라고 바위 중간 중간에 볼트나 하켄, 캠, 너트 등과 같은 중간 확보물을 사용하게 된다. 볼트나 하켄은 암벽 루트를 개척할 때 바위에 박아서 등반을 안전하게 도와주는 도구이고, 캠과 너트는 등반할 때 바위틈에 일시적으로 끼워 넣어 인공적인 확보물로 사용하는 도구이다.

그런데 오르면서 잡을 곳이 없다고 그것들을 밟거나 잡거나 해서는 안 되는 것이 규칙이다. 그것들을 조금이라도 잡거나 밟거나 한다면 훨씬 오르기가 쉬워지지만 그렇게 하지 않는 것이 우리들의 약속이었다. 또 한 번 가본 루트를 다시 갈 경우에는 전에 밟았던 곳을 안 밟는다거나 중요한 홀드(손잡이)를 안 잡고 다른 방법으로 루트를 어렵게 만들면서 올라가는 데서 즐거움을 찾았다.

산악인들은 또 '고도(高度)보다는 태도(態度)'라는 말에도 가치를 둔다. 이는 정상이라는 결과보다 오르는 그 과정을 더 중요하게 여긴다는 의미이다. 8,000미터 봉우리를 몇 개 올랐는지가 중요한 게 아니라 어느 루트로 어떻게 올랐는지, 남이 안 간 길로 더 어렵게 올랐는지가 더 중요하다. 온갖 편의 장비와 대규모의 물량 공세와 셰르파에 의존해서 편하게 오르는 것이 아니라 작은 산이라도 자신의 한계를 시험하고 창조적인 등반을 하는 것이다.

한국 산악계에서 슈퍼 알피니스트라고 인정해주는 박정헌이 있다. 그는 노멀 루트를 통해 쉽게 8,000미터를 오르는 '피크헌터(Peak Hunter)'가 아니라 남이 안 간 길로 더 어렵게 오르려는 등반 철학을 실천했기 때문이다. 그는 촐라체를 오르고 하산 중 추락한 후배를 살리기 위해 악전고투하다 동상으로 손가락을 거의 다 잃었다. 쉬운 길을 마다하고 위험과 어려움을 불사하고 정당한 방법으로 오르는 것에 더 가치를 둔다.

등반은 관중도 심판도 없는 스포츠라고 한다. 하지만 산악인들은 자기 자신에게 정당하고 정직하게, 결과보다 과정을 중요시하며 산을 오른다. 그들은 산에서 배운 대로 인생이라는 산을 넘을 때도 당연히 그렇게 살 것임을 의심하지 않는다.

알피니즘, 유네스코
인류무형문화유산으로 등재되다

유네스코(UNESCO)

인류무형문화유산(Intangible Cultural Heritage, ICH)

알피니즘(Alpinism)

유네스코에서는 인류 보편적 가치를 지닌 자연유산 및 문화유산들을 발굴, 보호, 보존하기 위해 자연유산, 문화유산, 복합유산을 지정한다. '인류구전 및 무형유산걸작(Masterpieces of the Oral and Intangible Heritage of Humanity)'을 줄여서 '인류무형문화유산(Intangible Cultural Heritage)'으로 부르고 있다. 구전 전통, 공연 예술, 사회 관습, 의식, 축제 행사, 자연과 우주에 관한 지식과 전통적인 기술 분야에서 총 549개(2020년 기준)가 등재되어 있다. 한국은 종묘제례 및 종묘제례악, 판소리, 강릉 단오제, 김장&김치를 담그고 나누는 문화, 씨름 등 20개를 등재시켰다.

2019년 알피니즘(Alpinism)이 유네스코 무형문화유산으로 등재되었다. 유네스코에서는 알피니즘을 예술(Art)로 인정했다. 유네스코 등재기록문에는 알피니즘을 '고산의 산정과 절벽의 암벽이나 빙벽을 타고 오르는 기술'로 정의하면서, 고산 환경에 대한 지식 및 가치관, 역사가 녹아내린 전통적인 행위로 규정했다. 또 자연에 흔적 남기지 않기, 서로 도움 주기 등을 강조하는 윤리관도 함축하고 있다고 선언했다.

국제산악연맹(International Climbing and Mountaineering Federation, UIAA)의 10년여에 걸친 노력의 결실이고, 특히 프랑스, 이탈리아, 스위스 3국이 주축이 되어 추진했다고 한다. 이 세 나라 땅에는 몽블랑, 아이거, 마터호른, 그랑드조라스, 융프라우 등 알프스의 이름난 봉우리들이 솟아 있다. 알피니즘의 주 무대였던 나라이니 등재된 사실이 자랑스러울 만하다.

알피니즘(Alpinism)은 알프스(Alps)와 이즘(Ism)의 합성어이고, 등반가를 뜻하는 알피니스트(Alpinist)는 알프스(Alps)에 '~주의자'를 뜻하는 'ist'를 붙인 말이다. 이를 통해 알피니즘이 알프스에서 태동된 말임을 알 수 있다.

알피니즘은 영국의 『등산백과사전(Encyclopedia of Mountaineering)』에서 '알프스 또는 다른 높은 산에서 행하는 등반(Mountain Climbing in the Alps or Other High Mountains)'이라고 정의하고 있다. 마운티니어링(Mountaineering)은 산에서 일어나는 거의 모든 활동, 등반, 트레킹, 하이킹, 스키, 캠핑 등의 포괄적인 개념이라고 본다면, 고산에서 행하는 등반 형태가 알피니즘이다. 우리나라 네이버 지식백과에서는 "넓은 뜻에서는 등산을 말하지만, 특히 근대적인 스포츠 등산을 이르는 말이다"라고 정의

한다.

옛날부터 수렵이나 광물을 채취하러, 신앙적인 목적, 군사적인 목적 등 어떤 수단으로서 산에 올랐지만 알피니즘이라 하지 않는다. 알피니즘은 스포츠로서의 등산, 즉 등산 자체의 기쁨과 즐거움을 목적으로 높은 산, 새로운 산, 험난한 산에 오르는 것으로 한정한다.

알피니즘이라는 말의 태동, 즉 근대적인 등산의 시초로 보는 것은 1786년 알프스 최고봉 몽블랑(Mont Blanc, 4,807m)의 초등이다. 우리나라뿐 아니라 거의 모든 나라에서 산을 신성시했다. 특히 유럽의 최고봉 몽블랑은 항상 하얀 눈으로 덮여 있었고, 거대한 눈사태를 일으켜 마을에 큰 피해를 주기도 하고, 정상은 눈폭풍이 몰아쳤다. 몽블랑에는 용이 산다거나 신이 사는 곳으로 여겨졌고 두려움과 공포의 대상이었다.

그러나 스위스의 학자 H.B. 소쉬르(Horace-Bénédict de Sausure)가 몽블랑 초등정에 현상금을 걸었고, 1786년 8월 8일 의사인 미셸 파카르(Michel Paccard)와 농부인 자크 발마(Jacques Balmat)가 몽블랑을 처음으로 오르면서 봇물 터지듯 알프스 고봉 등반 경쟁이 일었다. 이후 고봉 등반이 히말라야로 옮겨져 8,000미터 봉우리들까지 인간의 발길이 닿았다.

한국에서는 일제 강점기인 1920년경에 비로소 이와 같은 풍조가 일어났다. 이 무렵부터 학술조사를 겸한 스포츠로서의 등산이 보급되기 시작하였으며, 광복 후에는 새로 들어온 등산 기술과 현대 장비의 보급으로 국내뿐만 아닌 해외의 고산까지 도전하기 시작했다.

알피니즘을 마무리하며 한마디를 덧붙인다. 우리의 문화 유산(遺産)으로 '유산(遊山)'이 있다는 것. 서양에서는 알피니즘이지만 우리에겐 유산(遊山)이라는 문화가 있었다.

알피니즘이 알프스 높이 이상의 고산, 그리고 만년설과 얼음과 바위의 수직 세계를 무대로 하고 있지만, 우리에겐 높이 대신 길이로 펼쳐진 백두대간이 있다. 높이 2,000미터가 안 되지만 아름답기로는 비교할 수가 없는 백두산, 금강산, 설악산 등 명산이 백두대간 줄기 위에 솟아있다.

어디로 눈을 돌려도 보이는 산들은 '용이 사는 무서운 곳'이 아니라 노닐 수 있는 산이었다. 조선 시대 사대부들은 산수유관(山水遊觀), 즉 산을 찾아 심신을 도야하고 유학의 이치를 터득하고자 했다. 신라 화랑도에서부터 산을 수련의 장소로 삼았고, 조선시대 이전부터 유산기(遊山記)를 남겼다. 이 시대까지 발견된 유산록은 주로 조선시대 이후의 것인데 1,000편 이상이다. 알피니즘은 경쟁, 도전, 극복의 장(場)이었으나, 우리의 유산(遊山)은 놀이, 구도(求道) 그리고 수양(修養)의 장이었다. 알피니즘보다 더 역사가 오래되고, 철학적인 깊이와 폭에서 다른 차원의 독특한 가치를 지닌 한국의 백두대간과 유산 문화가 '인류무형문화유산'의 반열에 오르는 날을 기대해본다.

스무 살 시절, 대학을 다닌 게 아니라 산악부를 다녔다.

바람이 8할을 키워준 시인이 있다지만 나는 모교 산악회가 반을, 나머지 절반은 대학연맹이 키워줬다고 믿어왔다. 그리고 운 좋게도 27년간 선생으로 살았다.

산동네에서 맺어진 친구들로부터 "선생 맞냐?"는 소리를 듣기도 했다. 직장동료인 교사들은 반대로 "산악인 같지 않은데…"라며 나의 전문 산악 활동을 신기하게 여기기도 했다. '선생 같지 않게 특별한 취미를 가졌다'라거나 '산악인처럼 생기지 않았다'는 의미일 텐데, 선생이나 산악인에 대한 한국 사회의 선입견 내지 고정 관념 때문인 듯하다. 그러거나 말거나 한평생 교육자이자 산악인으로서 살아왔다.

책을 내기로 하고 글을 쓰는 과정은 나의 정체성과 삶을 되돌아보는 시간의 연속이었다. 앞만 보고 치열하게 살아온 세월이었기에 나 자신을 관조할 수 있는 더없이 소중한 시간이기도 했다.

지난해 초 "인디언이 열심히 말을 달리다가 잠시 서서 뒤를 돌아본다는데 왜 그런지 아느냐?"는 질문을 받았다. 새 직장에서 불면에 시달리며 애면글면하는 나를 딱하게 여긴 어느 지인으로부터였다. '혹시라도 뒤처진 자신의 영혼이 따라오는지 기다려준다.'라는 인디언 이야기는 나에게 새로운 영감을 주었다.

27년간의 교직을 박차고 나서서 인생 2막을 살겠다고 산악전문지 편집장에 국립등산학교와 국립산악박물관에서 일을 하며, 솔직히 내 그림자, 내 영혼이 따라오는지 살피지 못했다. 일과 사람에 치인 마음을 치유하는 방편으로 글을 쓰기로 했다. 퇴근 후 한 편씩 글을 쓰고 잠들겠다고 작정을 했다. 다행히 그 기간에 창작의 신이라 일컫는 불멸의 '피닉스(Phoenix)'가 잠깐씩이라도 내 머리 위로 스치고 지나갔기에 가능한 일이었다.

맨땅에서 시작한 건 아니다. 석사 논문 주제가 고산 등반의 의미를 찾는 것이었다. 그 후에도 박사 논문으로 준비하던 것과 산악연맹 세미나에서 발표한 글 등이 토대가 되어 지난해 약 세 달간 글을 보충했다. 그 이후에는 '피닉스'가 오지 않고 있다^^.

이 책은 최신 정보를 담은 고산 등반 가이드북은 아니다. 그러나 고산 등반이라는 특별한 분야에 관한 개인적인 경험과 관심이 있었기에 이야기를 엮어나갈 수 있었다는 자기합리화로 글을 마무리한다. 미천한 글솜씨와 나의 물리적인 여건, 살아온 인연과 경험이 한정된 탓에 못다 한 이야기들이 많다. 여건이 허락되면 더 이어가고 싶은 마음이다. 또는 다른 이에게 이 책이 마중물이 되어 부족한 부분들이 계속 보완되기를 바란다.

원고를 집필하던 2020년과 출판사와 작업하던 2021년 봄에도 코로나 팬데믹으로 고산 등반 분야 또한 잠시 멈추었다. 출판의 막바지 단계에서 김홍빈 대장이 마지막 14좌를 위해 출국한다는 소식을 들었다. 안전하고 성공적인 등반을 기원하며, 아울러 김홍빈 대장의 귀환 소식이 이 책의 화룡점정이 되기를 희망한다.

2021년 봄

雪田

〈저자 약력〉

- 현재 국립산악박물관 학예연구실장, 융합관광콘텐츠학회 부회장
- 2018~2019 국립등산학교 교육운영실장
- 2016~2018 산악전문지 월간 사람과산 편집장
- 2013~2015 을지대학교 스포츠아웃도어학과 교수
- 1989~2013 공립 서울초등학교 교사

〈집필 논문〉

- 고산등반의 의미에 관한 문화기술적 연구
- 국내 청소년 야외교육 교육과정 기준 개발 연구
- 프로젝트형 여가로서 대학생 해외오지탐사대 체험의 의미
- 국내외 청소년 아웃도어 교육의 현황
- 아웃도어 스포츠 SNS 이용에 따른 지각된 효익, 관여도, 구전행동의 차이검증
- 미래 산악관광 연구방향에 관한 탐색적 연구
- 산악연구의 동향 분석 및 미래연구 방향: 대상과 방법론을 중심으로